i
imaginist

想象另一种可能

理
想
国

imaginist

Smile, please

俗女养成记

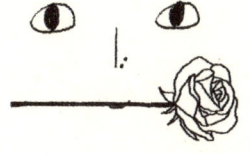

江鹅_著

北京日报出版社

Lesson 3

121 学钢琴
115 说「国语」比较高级
109 这会枪杀你知呒知
101 午后的一人实验
095 买一缕幼面

Lesson 2

085 阿嬷在浴室里开的课
077 查某人嘛有自己的愿望
069 学校里的公共电话
061 去隔壁册局买一块垫板
053 香蕉紧来呷呷咧

207 六年级女人，你好吗？
201 菜包里的红豆
195 恁老母
187 叫阿姨
181 你为什么那么平静？
173 药油保心安
167 窗台上的花布帘

Lesson 5

目录

女子 Lesson 1

003 不要嫁惦的
011 满仔家的菜包
019 妈妈的早斋
027 中药房里的跟屁虫
037 中药房的下午茶
043 来去呷一碗面

i 推荐序：绵里藏针 黄丽群
iv 自序：普通女人

亮起来的房间
只有保存，没有期限
菜瓜太冷
钱是省出来的
爱拚才会赢

131 139 145 153 159

女子 Lesson 4

推荐序：绵里藏针

黄丽群

你可能不认识江鹅，也可能怀疑这个看起来飞禽走兽的笔名没问题吗？……然而江鹅真的会写。

所谓的"会写"意思是，她不管写什么，似乎都自成一派天圆地方星罗棋布的格局，江鹅的文字跟人一样，简洁而颀长，开阔而清洁。写一碗红豆汤，写一丸汉药，写一块垫板，写水银泻地的夏日午后，再小再琐碎，都能是"一个干净明亮的地方"。

她的警句有时简直是开口就喷一把匕首："让女人认知现实，这是济世。""'乖'分成两种，'自然乖'

和'用力乖'……'自然乖'在长辈眼里只能算及格，做人要想拿高分，全靠'用力乖'。""家庭生活不可或缺的一部分，就是大人带着孩子一起应付时代的荒谬。"然而我们又说好春不在繁枝，文字的好处练得出来，其余令人欢喜赞叹之处却学不来，例如那种胡闹中见真肃的黑色幽默，以及她显然花费许多时间力气，不断与环境拉扯调校出来的平衡感，那平衡表面非常安稳，其实却是时时警醒又危危颤颤的生活姿势，像一枚法相庄严却以荒唐角度悬落在崖边的奇石。

江鹅前半生是在职场练出三头六臂的城市OL，并不以写作为务，可能连业余参与都很少，但在如今这个新的传播环境，这些毫不妨碍她的天分出彩。尽管可能会被大多数读者视为无来历的素人，但我很确定这只野生自来鹅（到底为什么要自称鹅！）并不输正途功名出身有产销履历认证的有机鹅……在这书里她写我们三四十岁人的时代记忆，写家常饮食，写台南，写阿嬷阿公，写六年级女生的妥协而唐突，其实都是写过的事，但经过她的手偏偏就多那一点绵里藏针利落痛痒。如果你对这类写作曾有拿腔拿调自溺自恋自怜的印象，那么就非常宜于读读这本书，可明眼目，清心肠，健精神：这个中药房的小孙女果然得到药家真传。

自序：普通女人

季节对的时候，在超市里面能买到进口酪梨，比台湾的小一点皱一点，味道也浓厚一点，我很喜欢。几年前灵机一动，想到可以把酪梨籽种起来，将来结果就有得吃，不必枯等超市供货，于是我按着网路搜寻来的步骤，充满爱心与期待地为酪梨籽插上竹签泡水，日日换水照看。两个多月过去，嫩枝翠芽地到了该种盆的时候，我又上网查询种植教学，却意外发现一个事实：这样种出来的酪梨树不会结果。

那我岂不是白忙一场？如果一开始就知道不会结

果，我绝不会花那些工夫，问题是枝干已经长出来了，虽然细弱，却是它勤勤勉勉花了许多时间，从什么也看不见的黑暗里，按着生命的设定，奋力冒出来的。理智叫我趁早丢了那株酪梨苗省事，但情感上却好像看见另一个自己，一条落在普世期盼值之外的生命，霎时间感慨起来，临时换了主意找来土和盆，给了它一条前途未卜的活路。

我们这一批和十大建设差不多时间出生，和台湾经济一起从尘里土里乒乒乓乓长出来的女孩，应该要养成的样子都差不多。要聪明伶俐却听从爸妈和老师说的话，照顾好自己的功课并且主动帮忙家务，待人温文可亲自己却坚毅果敢，从事一份稳当的工作并且经营一个齐备的婚姻，最好玲珑剔透却又福厚德润，懂得追赶新时代的先进也能体贴旧观念的彷徨。大部分的人，像期待每一棵随手种下的酪梨树都能丰收结果似的，期待这些女孩都将理所当然成为优秀又好命的女人，和大家一样。

结果当然是每一个女孩最终都长成不够圆满的女人，没有一个一样。一样的只有我们经常觉得自己作为女人，总有哪里不够成材，对父母，对家庭，对子宫卵巢，对自己，人前或人后，自愿或受迫，总有我们抱歉的对象。这个事实说出来有点荒谬，活在其中不是那么容易察觉，但是一旦认真想起来却再也无法回头。

前年我开始长出白发，不多，就是在整片黑发里面夹杂着几根，刚好让人一看觉得"啊，这人有白头发了"的少少量。一开始我还认认真真地拔，不喜欢那些白色的发丝，忽然从整片黑色里面冒出头来，隐约招摇着没名没分的突兀。拔了几次发现左支右绌，歪着腰对镜翻找大半天，站直以后梳子一拨又滑出来三四根，头发要白不是我可以拦阻的态势，要白就白吧，放弃努力以后反而觉得它们长得慢些。

那张优秀又好命的女人蓝图，我勉力跟着长了大半辈子的，我看也就这样算了，长成了的部分没让我容易多少，长不成的那些显然这辈子就不干我的事。

两年前我还常常盼着,有人可以在生活里告诉我"没关系",不料盼着盼着倒是发现,有什么好讲的本来就没关系。一九七〇年代出生的女孩,长成一个现在随处可见的六年级女性,无论是听着别人的话还是自己摸着路走来,都是货真价实地花了半辈子,才活成如今这样一个和大家一样,既成材又不成材的普通女人。

年过四十开始赞许自己普通得理直气壮,这一点我倒要归到成材的那一边去。

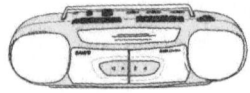

TG & Lesson 1

明天会更好

抬头寻找天空的翅膀
候鸟出现它的影迹
带来远处的饥荒
无情的战火
依然存在的消息
玉山白雪飘零
燃烧少年的心
使真情溶化成音符
倾诉遥远的祝福

那OO是一场游戏一场梦
虽然你的影子还出现我眼里
在我的歌声中
早已没有你

不要嫁恬的

有一天我闯进阿嬷的房间,她和二姑正叽叽咕咕说着姑丈的坏话。严格说来也不是坏话,嫁出去的女儿偶尔回到娘家,向妈妈抱怨夫婿,只是正常的能量释放。

阿嬷看我进来,劈头问我:"你以后想要嫁给多话的,还是恬(安静)的?"我那时对爱情的理解是电视上的《神雕侠侣》,看杨过和小龙女他们采取古墓派心法"少言、少笑"过日子,默默之间却情愫横生,似乎挺好,那个孟飞不说话凝视着潘迎紫的眼神非常深情浪漫,我可以,于是答:"恬的。"

阿嬷对我摇头长叹一声，赐下警句："搭你歹命（苦命）啊！"她说嫁给安静的人，一世人都不知道他在想什么。"激死！""像你阿公！"阿嬷一脸悻悻。我以为"恬"的相反就是"吵"，就像对门伯母每次出场时的高分贝，一想起来即刻涌出动物生存本能的恐惧，给那样的人在耳边吵根本是地狱，像阿公整天不讲话明明比较好。我无法想象，如果嫁给恬的人会歹命的程度，竟然严重到宁可选择一辈子被吵到死也得避免，那，到底是会有多歹命？明明那个"不歹命"的选项，想象起来也好命不到哪里去。我觉得一定是阿嬷太夸张，幸福不可能有那么难。

我说："那就问他啊！"问他不就会告诉你他想什么了。她们说没那么简单，问了只会说没事，叫查某人（女人）不通黑白乱，结果自己气死还要被当作泼妇。我心里想，从我睁眼以来阿公就是家里的大王，就像地球有空气一样，被他激一下只是再寻常不过的事，可是阿公之下最大的就是阿嬷了，她在家里说一谁敢说二，嫁给阿公才不歹命呢；而二姑可是全程自由恋爱选的老公，自己选的老公还要不开心，那是选不好或相处不好的问题，不关"惦"的事。我这样想，但是不敢明白讲，转了个弯说："如果是我爱的人，我就会知道他想什么！"当时我真的这样相信，因为杨过和小龙女明明练成了"玉女素心剑法"，二人心思情意相通，不必开口就知道对方下一个招式是什么，所向无敌。我确信我将来的爱情会是那样的珠联璧合，就像相信将来我会长得和潘迎紫一样漂亮，凭空的信心是最大的。阿嬷和二姑这次一起摇头，我长大才知道那个表情的意思是："无知小儿，程度太低，懒得跟你讲。"

如果要说阿嬷的择偶建议，第一优先原则绝对是"有钱"，虽然她没有明白交代过我。在"有钱的惦人"和"没钱的多话人"之间，她肯定会叫我选有钱但一个字也懒得说的那个。我跟着阿嬷吃过许多喜酒，她参加喜酒有一套固定公式，首先根据喜宴的场合挑选合适的衣服，有时候洋装有时候长衫，喜宴前一天到美容院做头发，如果坐主桌的话必须提前染烫，去到喜宴现场她会高雅地寒暄，吃的时候进退有度，但适度地强调我是任性贪吃小女孩的事实，方便她最后带回一路布局或看上的菜尾，回家与所有人共享。有得好吃，我一点都不介意被当作任性小女孩。

这所有的步骤，都是调查新郎新娘背景的机会，最核心的项目当然就是收入能力。洗头阿姨、陪挑衣服的邻居或亲友、喜宴上遇见的知交、邻座的宾客，都有可能是关键资料的知情人。乡间向来深具"主动互惠"的友好精神，反映在资讯交流上就是："我告诉你我知道的，你告诉我我不知道的，要是你我都不知道，我们就一起推测并创造结论。"阿嬷有那么点个人魅力，或说交际手腕，贬贬捧捧之间，能让对方乐于提供情报，交换亲近的证明，或迫于淫威多少透露一点，以示输诚。

我亲眼见证，在我跟过的所有喜宴相关活动里，只有在证据显示新郎是医生、律师、地主、公司老板、大企业主管等貌似高收入人士的时候，阿嬷才会赞许

地点头，为新娘下一个"嫁得好命"的论断。阿嬷对于他人的收入与生活品质，拥有非常正面的想象力，她相信金钱持有量高于她的人，一定会慷慨地把钱花在吃喝玩乐上，充实地享着福；或甚至，其他与我们近似的小康之家，也都过得比她如意，因为没有人会比我们家阿公更节俭了，"俭歹命的"，这一点她倒不是家中唯一的埋怨者。也许阿嬷对于阿公"怙"的不满，和他绝对掌握家中的经济大权有关。

回想起来，阿嬷从来没有叮嘱过我要嫁给有钱人，我想并不是她无所谓我嫁的人穷不穷，而是她理所当然地认为，我是她自己人，自己人全都应该好命，所以我一定会好命。她唯一给过我的正面建议，没有以"不"作为开头的，只有"可以交阿度仔（外国人）"这种不负责任的话，理由是生出来的小孩很好看。这是在我准备离家到国外读书之前说的，她的表情我还记得，兴奋又期待，瞳孔里面像少女漫画那样有一个混血婴儿的剪影在闪耀。那时候我二十岁出头，特别觉得自己是理性冷静的成年人，丝毫没有为阿嬷实现异国浪漫恋情的意愿，只笑她电视看太多。

阿嬷真的电视看很多，体内的浪漫细胞是我的数百倍，她在我长大的十数年里，无一天间断地追踪着电视里的男女主角，期待他们能够终成眷属。阿嬷的眼珠颜色与常人不同，是灰色的，越老越淡。我问过她很多次，这会不会跟她出身台南安平有关，是不是哪一任外曾祖母跟荷兰人有过什么罗曼史，才让她有了这对不像华人的眼珠。她每一次都说不知道，但是又隐隐带着欣喜地补一句"冇的确喔"，有时候会咯咯咯笑骂我三八。

我要是当年真的嫁了一个多话的有钱白人，生一个漂亮的混血儿出来，那就全垒打了，依照阿嬷的建议来看，稳好命的。问题是，她没料到，我自己也没料到，这个孙女长大以后，听太多人话就会忧郁，对于眉眉角角的跨文化议题，得捏着大腿想着薪水，才能逼出耐性戴上温婉的面具。至于"有钱"嘛，阿嬷，我跟你说，钱这种东西终究还是自己有比较好。

满仔家的菜包

冬至的时候，家里除了汤圆，还要吃菜包。不是豆浆店那种放在馒头旁边一起蒸的，白白圆圆胖胖的面皮包子，而是用QQ的汤圆皮包着高丽菜芹菜丁，背脊上捏出一条棱线，抹点油放在树叶或菜叶上蒸熟的"客家菜包"。村里的人大都讲闽南语，很少遇到客家人，我不知道为什么这道客家点心约定俗成地变成冬至代表食物，但是很喜欢每年有得捏一次米黏土。

一年冬至，我凑在妈妈和阿嬷身边，一边搓汤圆，一边听她们闲话家常。阿嬷早上在市场遇到满仔，说差点被她那个颠顸媳妇给气死,很好笑。满仔的儿子那年新娶了媳妇,冬至前一天满仔带着媳妇做菜包,到时好拜祖先。炒好馅料揉好米团以后,满仔累了想去歇一下,便交代媳妇包好菜包入笼去蒸。媳妇一脸茫然,问要怎么包,满仔一听火全上来,都已经做好皮和馅,这媳妇居然笨到连包也不会,负气丢下一句:"路上全是人,你不会去看吗?"转身就去午睡。睡醒以后,菜包已经蒸好,满仔打开桌崁来看,发现整笼菜包全都捏成有手有脚的小人,媳妇真的听了她的话,却没有听懂她的话,谁要她去看着路人捏面人。满仔气坏了,逢人便抱怨怎么会有这么笨的媳妇。

阿嬷说完大笑,妈妈也笑,说这个媳妇真颠顸。我跟着笑,一整个蒸笼都是小人形状的菜包,多么开心哪!我一边笑,心里却朦朦胧胧觉得不安,原来妈妈任由我拿米团随意捏些小人小熊,只是因为当我是小孩,如果想要成为她认可的大人、女人,还是得要中规中矩做出标准形状的食物来才行,捏米黏土在将来不会是好玩的事。

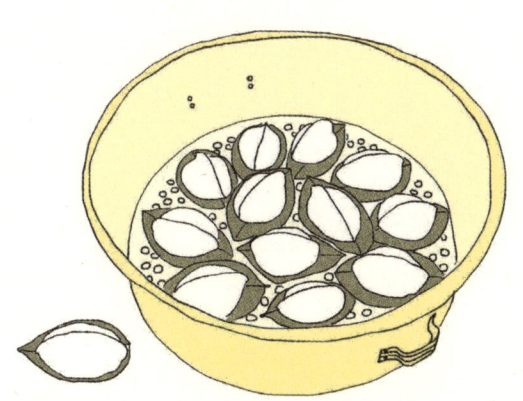

而且，如果冬至做得出菜包是一项必要技能，那么参考妈妈和阿嬷的作节活动来看，端午不就当然要会绑粽，清明要会款润饼，过年要会炊甜粿咸粿发粿，除夕和中秋要吃炉，中元节要摆出两张八仙桌的拜拜菜。如果我想成为她们眼中的优秀女性的话，在长大结婚以前，就得先练好这些。练好以后，还要懂得听话。满仔的媳妇只被骂了颠顶，没有"高拐（个性别扭）"的罪名，关键是她怎么样都貌似乖巧地听了长辈的话，这个细节我可没漏掉。

小孩子在忙碌的大家庭活几年，就会知道"乖"分成两种，"自然乖"和"用力乖"。大人喂我吃东西的时候，我正好肚子饿，所以打开嘴巴吞下食物，那是自然乖；明明不想吃，却还是顺应大人的要求迅速吞下食物，会需要一点服从意志或忍耐的力气，叫作用力乖。我身为家里的投机鬼马屁精，很清楚"自然乖"在长辈眼里只能算及格，做人要想拿高分，全靠"用力乖"。妈妈就是一个"用力乖"的媳妇。

有时候阿嬷会私底下对我碎念，说妈妈哪里不好，好像我在她们对立的时候，一定会选阿嬷那边站。"裤子都随便折"，阿嬷认为男人的裤子必须折出前面两条直线来，像送洗时人家烫出来的那样，穿起来才挺才体面。我听了觉得很有道理，所有关于服侍阿公和爸爸的教示，都像天经地义，一直到我的年纪大到除了收衣服，还可以折衣服以后，才有了新领悟。

我民智未开的时候，很喜欢被大人叫去收衣服，踮脚扯下竹竿上的衣服收进屋内，帮大人一个大忙，觉得自己很有用。但是学会怎么折衣服以后，事情就不一样了，大人要是路经客厅，看见收进来的衣服堆，就会质疑我为什么衣服收进来不折好。"收衣服"只是美其名为"收"，事实上连带包含琐碎的折叠与分类。阿公的、阿嬷的、妈妈的、爸爸的、我的、弟弟的，各人一叠，底下放大件平整的，中间放相对小件松软的，最上面是不规则形的小东西，方便各人整摞捧回自己房间。裤子、裙子、洋装、衬衫、吊嘎仔（背心）、内衣裤、袜子、手帕，全都有标准的折法。心情好的时候，那是爱心的堆叠，不耐烦的时候，好像在演灰姑娘捡豆子，那种时候折到男人的裤子，抓住左右两边裤头往中间一合，对折再对折出一个正方形，就算交差了，谁管你们穿起来前面有没有两条线，裤管挺不挺。后来我有点怕午后雷阵雨，因为很可能被走不开身的大人指派抢收衣服的任务，一收就得一条龙服务到底。拜托，不要叫我收。

我领悟到不做就不会被看出做得不够好的道理，但矛盾的是，妈妈身为媳妇，为了"用力乖"，不做是不行的。这种传统媳妇的命运循环，比起捏菜包炊咸粿，才真的要叫阿娘喂（我的妈呀），让我觉得长大很可怕。幸好台北的大伯母让我明白，媳妇其实有别种选项。

有一次和阿嬷到台北玩，大伯父请吃饭。我进了馆子乖乖坐下等吃，大伯母转着桌上的圆盘，把菜单停在我面前，一脸慈爱地告诉我："女孩子要学会点菜喔！"我打开菜单，却只看得懂"炒高丽菜"。最后还是大伯母接手,从容不迫地点出一桌我听不懂名字、味道却好好的菜色,吃得宾主尽欢。我着迷地看着她的自信风范,忽然意识到,媳妇可以有很多种,女人不是只有"用力乖"的命运。这个世界上有努力学捏菜包的媳妇,也有知道该上哪个馆子点铁板牛柳的媳妇。不光用别人的眼睛看自己,就会有选项。

妈妈的早斋

我有记忆以来,妈妈就吃早斋,我一直到这几年才知道她是为了感谢老天爷让她生下我。想象一个女人多年来面对生育压力的景况,有点八点档,但如果那个女人是自己的母亲,就是一出独立影展的影片,那种女主角有得奖,但是片子看起来很郁闷,看完还要沮丧三天的电影。结婚五年后才生下女儿,可能只是压力的暂时缓解,我还隐约记得,小时候巴在妈妈脚边,看她就着梳妆台打排卵针的画面。每次回想起那个景象,都由衷庆幸还好后来有了弟弟,并不是乐意去默认这个父权结构,而是当绑在十字架上的人是自己母亲的时候,就觉得无论如何可以先下来真是太好了。

十七八岁刚读了一点书的时候,我曾经很方便地以为,在阿公和阿嬷那一代的人式微以后,就可以解除女人这种荒谬的角色设定,因为大家都受过现代教育,资讯又这么发达,如今算是文明人,都知道勉强女人去扮演成就家庭的角色,是封建又违背人权的事情。当然我很快就发现是自己误会了。

常到家里来拿药的春玉仔,是上了年纪的老太太,每次都是女儿带她来。春玉仔聊没几句,就会说自己歹命,年轻的时候服侍老小,没一天好日子过,现在一把年纪了还要担心这个女儿嫁不掉,人家介绍的都不喜欢,自己又找不到,三四十岁了一个对象也没,说起来丢尽老母的脸。女儿要是回一句"像你那样嫁了又没比较好命",春玉仔就会说她是倒霉才会嫁给那种人,别人随便嫁都会嫁得比她好。

春玉仔讲这些话的时候,女儿通常在旁边等着,看见妈妈转身要走了,赶紧跟上去搀,一边跨步一边回头与我们道别。我已经不记得,从什么时候开始看得懂那个女儿的无可奈何,也许是一早就看出她无可奈何,但是在我自己漫长的人间见闻里,才拼凑出她为什么无可奈何。传统家庭里面的女人,很难不怨;母亲有怨,子女很难自我免责。母亲怨了一生,剩下的几十年,能放着她自己在衰老里独自怨完吗?不能。女儿拦阻不了母亲的苦怨,但是用黄金青春陪伴她的余生似乎可以缓解一些那个什么。哪个什么?那个整辈子的怨气蒸腾出来的云啊雾啊,连身在其中的人也说不上来究竟是什么。

现在如果要讨论女性在家庭中如何避免成为苦命人,大概要讲一些"分担、沟通、尊重",甚至"女权、人权"的话题。不过,二十年前,有一个不认识的邻居阿姨跟我说,关键在贞操。她先生婚后对她敬重有礼,完全是因为她洁身自爱,证明了自己是一个值得敬重的女人。所以幸福的婚姻需要贞操。

这样写下来会发现这个等式很可疑，但是在当时也只是傻傻地听着。会这样主张的不是只有邻居阿姨，乡下民风保守，所有的长辈不论男女都这样相信，把这个观念信成日升月落那样普通的事，普通到不需要讨论，甚至在家庭里不需要教导，小孩子吃着饭喝着水看着人来人往，自然就懂得男女之防。像我和春玉仔的女儿这一辈的女孩子，许多甚至过了青春期都还缺乏与异性交往的经验，对于性的了解只有教科书上贫瘠的知识，以及同侪间偏颇的耳语，性欲本身根本是不应该出现的污秽罪恶。大人们似乎试图把女孩的无性状态一路从初生延长到十八岁、二十八岁、三十八岁、四十八岁，直到进入婚姻为止，老外骗小孩子世界上有圣诞老人的存在，如果有我们这种布局的全面性和用心，说不定就可以一路骗到十八岁。

我在小学六年级的时候，身高抽得特别快，两条腿多出一大截。有一天要出门去玩的时候，阿公忽然在店口叫住我，让我回去把热裤换成膝上长度的短裤，数学老师说：
若A=B，且B=C，则A=C

邻居阿姨说：
若婚前是处女，则丈夫会敬重，且婚姻会和谐
（演算式：若A=B，则A=C，且P=Q）

才准放行。也有一次,高雄回来的叔叔端详着我,语重心长对我叮嘱,万一有人问我来经了没,千万不要回答,快点走开就是。那些时候我尽管知道他们怀抱关心,却还是感到莫名其妙,要到后来我才明白,大多数忙着架构无性世界给女孩们的人,心里面并没有一刻放下过性。知道这个事实以后,再听到贞操两个字更觉得非常荒谬。

女孩一路维持无性状态,并且不太早也不太晚地找到对象结婚,不让父母蒙羞或担忧,取得唯一合乎道德规范的"性许可"之后,也瞬间承担起繁殖的义务。生不出来?那就麻烦了。快想办法,该吃的快去吃,该拜的快去拜,该把自己弄得诱人一点就去弄,总之要快,不过家务和家计也别忘了要好好顾着。算到这里,女人还肯嫁的话,那一定是真爱了吧,问题是人心多变,难怪阿嬷这种老先觉的结论还是要嫁有钱的。我很敬佩香港作家亦舒写出这样的金句:"如果没有爱,那么就很多很多的钱,如果两件都没有,有健康也是好的。"让女人认知现实,这是济世。

即使我们都生在这样一个大幅度重新审视人权的时代，仍然有许多女人，因为压力，或爱，或制约，自主选择或身不由己地投身传统角色，背负起一身的责任重担。无论甘不甘愿，都是难。如果有旁人还要说些挑剔的闲话，说人家没有端好哪杯茶，捧好哪块碗，任何人听见都应该立刻把茶杯塞进他嘴里，或把碗砸在他头上。这招倒是没人教过我，我想也不太可能是天启，大概是打在母亲身上，数十年之后才从女儿这边回弹出来的反作用力吧！

中药房里的跟屁虫

中药房的生意，一直都是这个家庭的优先顺位，仿佛它才是主体，家庭成员都只是寄生。阿公是主管赚钱的老大，阿嬷是老二，爸爸妈妈是工人，弟弟是幼童，而我是姐姐，责任就是顾好自己，不让大人必须从工作抽身为我善后。

我并不喜欢自己的主要责任和中药房无关，尽管大人是基于疼爱，没让我负担赚钱的责任，但是我热爱搅和进大人的工作，因为可以跟他们待在一起，不落单于主体之外。套用电视上学到的心理学语言来说，幼年的我其实是个擅长发挥生存本能、主动预防原生家庭忽视的积极儿童，NASA 应该考虑跟我买一点 DNA 去存。

中药房在后院少不了琐碎的准备工夫，洗药晒药是基本项目。向中盘商叫来的药材，直接打开来用的话，最后会发现底下一层沙，原来很脏，阿嬷说她受不了，嫁进来以后加了这道 SOP，药叫进来先过一两趟清水，到大太阳底下晒干，再装袋收进栈间。但凡要碰水的工作我都喜欢，一听见有大人移动那个超大铁制水盆的声音，我就知道有得玩水。先打开水龙头哗啦啦地盛满水盆，把药草倒进去用手拍一拍，拢一拢，再拿漏勺子捞上来"竹笊"，放到太阳底下晒。大人在太阳下山前，捡起两片药草摸摸看看，就知道隔天要再晒一天，还是"可以入进去袋子了"。要是入好一袋药，大人准我用歪斜的幼稚字体在袋子写上药名，就觉得那天特别开心。

家里为了省钱，很多需要再制的药材都只买原料，不买中盘商制好的成品。好比"蜜芪"，不买成品的话，就是要买"黄芪"片，过水晒干，再用大锅烧热蜂蜜，把黄芪片丢进去拌匀，再收干一点水分。烧蜂蜜的气味非常香甜，很快会引来蜜蜂和我。制药的人通常是爸爸，他奋力拌着黏答答的药材，走不开身的时候，就可以叫我"再倒一点黄芪"或是"去干燥机那里拿一个铁盘子来"，知道每个用具的名字又有勤快双腿的小朋友，就是这种时候最讨喜。众多蜜制的药材里，只有"蜜甘草"适合偷吃，又甘又甜，嚼完了把渣滓吐到旁边的杨桃树下。爸爸每次洗锅的蜜水也都浇在那棵杨桃的树头，我从小就知道一项无用冷知识：给杨桃树喝蜜水，一样会结出酸涩的果实。

帮爸爸跑腿的任务很多时候都是拿药材，方便他帮客人"帖药仔"，也就是抓草药帖。有些人会拿来落落长的不明药单，先说要帖二帖，接着才问："这是咧吃安怎的？"* 阿公和爸爸拿起来端详又沉吟，说："这歹（不好）讲哦，很多种药。你这神明方躯？"

---

* 闽南语，意为：这是怎么吃的？

客人回答："啊就帝爷公开的。"接着就不会有人再对药单有任何评语了，神明叫吃的药，没人敢说什么。抓完药以后，爸爸或阿公就会拿算盘，看着药单逐项计价，偶尔还要抬头问："肉桂现在一斤是多少？"我甚至在上过珠算课以后，也想象不出他们是如何在算盘上，个别计算每种药的单价与售价，同时再加总出整张药单的总价。这一招和数学有关，我这辈子的脑细胞构造大概不是生来算数学的。算好以后，他们会在药单的最后写下只有家里人看得懂的数字代码，下次再拿到同一张药单，就可以暗暗地知道多少钱。

"帖药仔"看多以后，来来去去都是差不多的药材，很无聊。甚至像四物这种天天有人买的东西，爸爸前一天都事先包好储着了，客人要买我就拉开抽屉，问他想要五十块比较简单的，还是一百块比较香的。最期待的是有人来帖补药："透早在山坪那里抓到一条饭匙青，想要来浸酒，你给我帖一服卡（比较）补的。"这种大服补药会用到罕得上场的药材"海马""蛤蚧"。爸爸会走到后面栈间，拿出晒干的海马和蛤蚧，到前

面店口先给客人看过,并且称重,才拿到后面去酒炙。酒炙,是用米酒炒过的意思。这两种被当作药材的倒霉动物,头是不用的,切下来以后我就多了两个玩具,晒干的动物头有着淡淡的腥味,可以拿到学校去吓同学,人家有芭比娃娃和自动铅笔盒,我有海马蛤蚧,那时候没有保育概念,拿着野生动物的头来玩,还觉得威风。

阿嬷特别留意"节日限定"的生意,能赚的岂可少赚。端午包粽,来买胡椒粉五香粉的人很多,她教我称好一钱,拿纸包成工整的扁长方形,装进夹链袋,装满托盘,让我顾在门口,有人问的时候就卖一份五块钱。过年蒸发糕也如法炮制,只是把胡椒五香换成"重曹",重曹就是小苏打粉,可以让发糕迸裂开来,我当然不懂原理,只知道人家来买"要炊发糕的",就拿这个给他。开卖前阿嬷让我背好使用公式:"两斤米用一包,一斤米用半包。"看着大婶们听了这句我根本不懂意思的话,居然个个点头说了解,那乐

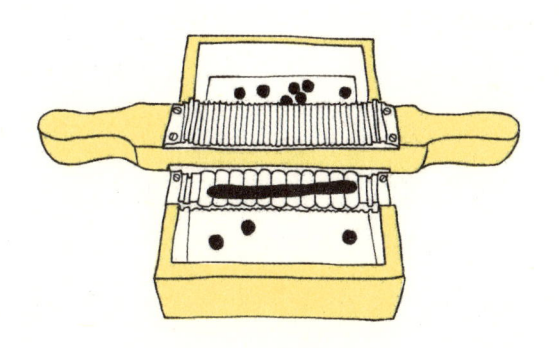

趣和我后来工作上的口译很像。我翻译器材维修说明书给工程师听的时候,常常自己根本不知道嘴巴翻出来的句子到底什么意思,但是工程师却点头说他知道了。有些事自己不懂,却能帮别人去懂,很有成就感。

"黄连"和"绿豆癀"两款胶囊是长销品,都具解毒功效,库存不多的时候就要再装一批备着。手洗干净以后,把药粉倒在纸上,掀一片纸角把粉稍微压实,就可以把胶囊打开,开口朝下戳进药粉堆里,戳几下填实了,把胶囊合上。我学一次就上手,高产值的童工很受到婆妈的欢迎,我也享受一边手工一边听八卦的乐趣。装好以后,几十个胶囊分成一袋,卖一百块。春夏的时候销路特别好,尤其是绿豆癀,常常有戴着斗笠、袱头袱面的农妇来买,说刚从山坪下来,这几天在喷药,不赶快买回去跟先生吃一点解毒的话,怕会不好。

武侠剧里面偶尔会看见有人吃一种黑黑圆圆的小药丸,那个我也做过。"六味地黄丸""十全大补丸""济生肾气丸",或是针对个人体质开的药方。制丸的好处是方便，随时塞进嘴里就可以吃。整服药拿去干燥以后磨成粉，倒进烧热的蜂蜜里面和成团，再趁着热热软软的时候，搓成细粒。家里有一个用来制丸的箱子，横架着一把黄铜锯尺，锯尺有一道道圆弧凹槽，把药团揉成细条，放尺板上往前一推，理论上就要切出一颗颗小药丸，滚落箱底。问题是，那款制丸箱可比鸡肋，用之无益，弃之可惜，铜齿推出来的药丸没有一颗是圆的，得要人手一颗颗搓圆才像样，我搓药丸的时候，曾经嘴馋偷吃过一颗，嚼在嘴里苦苦甜甜，牙齿黏黏，舌头黑黑，让我在心里非常同情必须吃药丸的人。

人工最贵，也最廉价。传统的中药房为了节省成本，必须自己承担许多烦琐的准备工作。即使是与阿公同时期的其他中药房，也未必还愿意秉持着这样劳动与克俭的传统经营方式，让我感到幸福满足的家庭童工生活，也是一段褪色的传统中药房经营史。

中药房的下午茶

下午四五点的时候,是点心时间。大人也知道再隔一阵就是晚餐,但是做着耗费体力的工作,有时候会忽然"青狂饫"(疯狂饿),不吃不行。

忙的话就吃面包,或是妈妈中午放进大同电锅焖煮的红豆汤绿豆汤。我们家的红豆汤其实没有汤,只是一大锅极甜的软红豆,吃的时候舀进碗里,自己兑冷开水调整甜度,才变成汤。好处是兑完开水以后,刚煮好的红豆不会太烫,或冰过的也不会太冰,很适合入口;坏处是,我永远觉得外面卖的红豆汤比较好喝。最开心的是妈妈一早买菜时就在市场买了"粉料仔",放在冰箱给我们下午当作消暑点心。粉料仔是树薯粉或地瓜粉做的QQ小粒粒,本来是透明白色,商人加上各种色素染得红红黄黄,制成各种形体,细圆粒的、方粒的、长条的都买一点,加入一些爱玉丁、仙草条、粉粿,放在二号砂糖熬出来的糖水里,冰凉来吃,夏天午后很受欢迎。我现在很想念粉料仔的时候,就去叫一碗八宝冰,半冰加冷开水,而且要挑不赶流行不用黑糖水的店家,那才是我的古早味。

爸爸吃甜食容易溢赤酸,胃食道逆流似乎是沉默打拚的男性常见的国民症状,而且肚子饿的时候,终究还是咸点比较抚慰人心,蒜头拌面线是最容易做的一道,面线烫好以后拌入拍碎的蒜瓣和一匙猪油就行了,我跟在阿嬷和妈妈身边看了几次就学会。有时候爸爸忙得不可开交,吩咐我:"去叫妈妈给我撒一碗幼面,顺续问看阿公阿嬷咁欲呷(吃)。"下午点心这种东西很少只煮一碗,我曾经真的只煮一碗,结果被所有路过的大人念:"续不免问别人咁欲呷腻!"直到我臭头为止。正确做法是在家里前前后后逐一问过，阿公要不要吃面线，阿嬷要不要吃面线，妈妈要不要吃面线，收集好订单，才一次煮好全部，分端给各人。大人常常怕我会忘记，会叮咛我先"去店口／后壁问看恁咁欲呷"，因为每个人都卖力在工作，不该有谁的肚子失照顾。

阿嬷心血来潮的时候，会以"顾胃"的名目炖汤给爸爸喝。为了以形补形，全家陪爸爸吃了不少猪肚炖淮山，淮山就是晒干的白色山药，没有特别的味道，炖久以后松软开来，配着切成条状的猪肚，并不难吃。芦荟炖排骨就很怪，生芦荟切开来有一股狐臭味，炖过以后味道溶进汤里，吞下去以后还有酸涩的后味，大概是那层绿色外皮的缘故。明明飘着油花看起来很爽口的排骨汤，喝起来却不是大脑能认知的排骨汤味道。依照惯例，我在汤煮好以后，依阿嬷吩咐去问前面后面的大人要不要也来一碗，不明就里的大人们纷纷说好，但是续碗的只有爸爸，因为阿嬷说是特地煮给他顾胃的,叫他要多吃点。

印象中芦荟炖排骨也就吃过那么一次,爸爸吃到后来满脸忧闷,问阿嬷这一招谁教的,怎么这么难吃。阿嬷既懊恼又困惑,说是听菜市仔矮仔明在讲,哪个村什么庄的谁谁谁就是用芦荟炖排骨吃好胃病的,"我想讲厝里种这多芦荟便便哪,啊知影会这歹呷*",她喃喃检讨几个烹煮程序,是不是没去皮,还是没氽烫,而其实那个治好胃病的谁谁谁,究竟在哪个村什么庄根本没人知道,即使有心也无从咨询。我半辈子以来一直很好奇,被菜市场传言耽误的人,和从菜市场传言得利的人,究竟哪一种比较多。

虽然家里就是卖补药的,却很少吃什么厉害的补汤,乡下人往往"卖瓷的吃矻",意思是卖瓷器的人家反而用缺角的碗盘当餐具,因为完整的要用来卖钱。家里偶尔会吃的补,也只是拿一包一百块的加味四物

---

* 闽南语,意为:怎么知道会这么难吃?

来炖鸡，爸爸对他的四物加味配方很自豪，说这个已经"足补足香"。我也喜欢偶尔吃一次四物鸡，药铺里的小孩不怕药味，虽然黑噜噜一碗，但是里面加了蜜芪蜜草，还有炖过的鸡皮鸡肉香，汤汁喝起来甜甜滑滑润润，小孩子即使说不出道理，也知道很满足，这大概是世人老爱拿鸡汤抚慰身心的原因。

能够吃到这种药铺版的下午茶，通常拜阿嬷心血来潮所赐，可能那几天她觉得自己或是哪个家庭成员气有点虚，就会上市场买鸡回来炖。阿嬷对食物充满热情，也乐于用食物和家人分享她的热情，如果我不是和阿嬷同住，会漏失很多口福。爸爸和妈妈都是口欲简单的老实人，阿嬷老到不碰厨房以后，这种机会就少了。去年冬至我正好回老家，妈妈居然想到要拿加味四物做汤底，煮了一个药膳蔬菜锅，说是人客整天都来帖补，"咱家己无补亲像不对咧"*，算我赚到。

---

* 闽南语，意为：我们家自己不帖补怎么行呢？

中药房的下午茶　041

来去呷一碗面

我和阿嬷的私交有一部分建立在偷吃。

说偷可能太过,阿嬷充其量不过是带着我一起去吃一些家人预料之外的点心。阿嬷基本上归阿公管,我归爸妈管,阿公和爸妈都是死脑筋的老实人,觉得家里就有饭,没事何必出去乱花钱白白多吃味精,但是阿嬷都已经做阿嬷那么多年,阿公不好意思再拿威严出来压她,而我这小狗腿黏在阿嬷身边,爸妈也不好意思修理,所以我们两个是明明知道家人不乐见,还是经常相偕出门去偷吃。下午时分,强忍住欢欣的表情,经过阿公和爸爸妈妈的眼皮底下,故作镇定地从店口走出去,心情非常好。

阿嬷喜欢吃"外省面",外省面就是阳春面,经济又美味。我每次都点"面汤",和阿嬷的外省面不同的地方,"面汤"用的是黄色的油面,其他的大骨汤豆芽韭菜肉臊都一样。我猜阳春面会被安上外省的名号,为的就是方便和传统油面区分开来。阿嬷有时候吃着吃着会说要跟我换,说看我吃的样子,好像我那一碗比较好吃,但是换过去吃两口又推回来,一脸不解,怎么她自己吃的时候就完全不是那么回事。

有一次她看煮面的老板娘走开去,便压低声音对我说,这肉臊都是用人家贱卖的猪颈肉做的,猪打针都打在脖子,吃多了不好,不能常常吃。我觉得阿嬷的告诫和我们正在吞食的行为相互矛盾,但是因为面实在很好吃,我并不想面对任何会影响我吃面心情的事实,所以没有接话。这个事件小到阿嬷自己肯定不记得,却是一个重要的启蒙。有些食物"可能"危害往后的健康,但是却"肯定"能带来眼前的快慰,人不需要为了担忧未来,就牺牲掉眼前确知的快乐,毕竟,如果现在太不开心,哪有力气关心以后开不开心?阿嬷大概没想过这个总结,她只是日复一日在我面前这样做。

偶尔她心血来潮想上市场,会邀我一起去。市场里的好东西就多了,做鱼丸的那摊,除了搅鱼浆,还炸花枝丸、黑轮(关东煮)和"菜炸"。"菜炸"是面粉兜着蔬菜屑炸出来的丸子,外脆内软,好吃又便宜,有综合的,也有单炸红萝卜丝的。炸物是纵欲等级的食物,因为又毒又燥,怕吃了要付出代价,很少上桌。但是我和阿嬷都热爱炸物,要吃当然就要趁人在市场,天高皇帝远。阿嬷特别慷慨的时候会买一两颗花枝丸,黑轮她嫌鱼浆不干净几乎不买,我最常吃到的就是"菜炸",十几二十块钱就有一小袋,祖孙俩逛完市场刚好吃完。

麻烦的是,两个嘴馋的人在一起,难免会有失去理智的时候，特别是市场里面，每走十步就是一个美食盘丝洞。现煮海鲜面是阿嬷的心头好，汤面上面铺着满满的鲜虾、花枝与猪肝；再走十步是米粉炒与猪血汤，用来蘸猪血和粉肠的东成味味露加一点"瓦萨比"，是神仙指导的一笔；再十步绕出市场，有清蒸肉圆，老板娘拿饭匙沾水，巧灵灵铲起肉圆淋酱点蒜泥撒芫荽的手势，我从小看到大没有一次不着迷。吃不吃我当然没有决定权，但是我想"念力"这回事是真的，总有那么几次我巴望到后来，阿嬷果然意志力失守，带我坐下来吃一碗市场美味。

逛完市场回到家，通常妈妈正好煮好中餐，阿嬷可以轻描淡写地交代一句她不饿，晚一点再吃，但我没那个胆，只能乖乖拿起饭碗，装模作样地添一口饭坐下来装吃。但妈妈不是随便的角色，妈妈可是妈妈。她不用正眼看就知道发生什么事，问我刚刚是不是去吃了点心，我只能点头，招认刚才吃了什么，吃多少。尽管如此，妈妈没有对这种事情真的发过脾气，因为牵扯到阿嬷，所以只能低声抱怨"人煮饭拢都按算一说到"航购"
就想起面香

饭盒

好啊",意思是剩菜剩饭会多出来。我知道她是强压着怒火没有多说,我是猴死囝仔靠着阿嬷的余威逃过一劫。

阿嬷如果身体或是心情"未拄好",会特别容易对家里的饭菜厌烦,这就是阿嬷投资在我身上的小吃获利回报的时候,阿嬷想吃的每一款面,我都知道该去哪里买。家里有一个"航购",专门用来买外带,我从小跟着大人讲航购,后来才知道是日文,"国语"叫提锅。当年没有方便外带的免洗餐具,如果不自己准备容器,店家只能拿塑胶袋装热汤,大人说这样有毒。倒也奇怪三十年后的今天,大家反而全都无所谓了,热汤怎么装怎么喝,可能是塑胶技术进步了,人心也无畏了。

我走到面摊,就把提锅交给老板,点一碗阿嬷要的面。老板接过,会放在顺手处等着,直到备好料,面条下水等滚的时候,才打开盖子,从滚沸的大锅里面舀一勺热水进提锅,兜两圈再倒掉。大家改用免洗碗之后，很少能再看到这种传统心意，帮客人消毒兼温锅。等装进煮好的面，再盖上盖子，扶回握把，放到面前，好让客人能稳稳妥妥地提走热锅。面摊老板们看我小人一个，即使煮面时没心情相借问，最后还是忍不住要叮咛："掼乎好，足烧哦！*"现在想起他们讲话时的臭脸，还是有被照顾到的感觉。

---

* 闽南语，意为：拿好了，很烫哦！

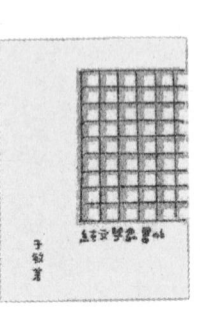

下雨天，她到厨房去的时候，我心里有送她出远门的感觉。

她喉中哽塞，她必须和那汹涌不断的泪浪挣扎。

望着湛蓝的海水，心中一动，我嚷着：海水正蓝

第二课 Lesson 2

無怨的青春

如果能在开满了栀子花的山坡上
与你相遇 如果能
深深地爱过一次再别离

千江有水
千江月

蚕做茧，又不是想永远住在里面。

知心

「这边还有一颗，是黄金做的，
把你那颗拿过来，
我们交换一下吧！」

拉哈撒
事故的
毛三

香蕉紧来呷呷咧

农村的人情特别浓厚，乡亲们要不是世交，要不是近邻，再不然反复见了几年的面也会成为朋友，来家里拿药的时候，常常会带一点自家种的水果给我们吃。

所谓的"带一点"，往往就是半篓，让别人不够吃，在人情上是失礼的事。老家天井旁的地板永远铺着两张报纸，用来堆水果，随着四时更迭，芭乐、香蕉、土芒果、荔枝、香蕉、凤梨、爱文、芭蕉、龙眼、金煌、香蕉、木瓜、芭蕉、柳丁、香蕉，依序出现。一果未完，一果又至,自我出生以来不曾中断,我甚至曾经有水果会自己从那片地板长出来的错觉。我大到可以拉着妈妈衣角去菜市场的时候,看见有人买龙眼,觉得非常奇怪,怎么会有人花钱买自己家里地板上就有的东西,那时候不知道我是活在家人的福泽里面。

香蕉在上一段数过很多次,我没有手误,那就是它出现的频率。香蕉一年四季都能结果,别人"大出",它也"大出",别人"出了啊",它还是"大出",而且维持一次出"归弓"(一整串)的气势。馈赠香蕉的时候,通常以串为单位:"这两枇呼恁(你们)斗呷蛤!"老一辈的阿伯阿婶送礼物给人,还要腼腼腆腆地说是请人"斗呷",帮忙吃,很低调很客气。

爸爸喜欢吃香蕉,路过天井看到熟了的香蕉,会充满欣喜地停下脚步,剥一根来吃,一边嚼一边赞叹香蕉的好功效:"呷香蕉尚好放屁。"终于吃到一条两条盼熟了的香蕉令人满足,但接下来就是云霄飞车往深渊狂奔的阶段。一串香蕉既然一起熟,当然也会一

一条若瞪点，归弓拢瞪点

一条　　一枇　　一弓

起烂,一个两个三个黑点,转瞬之间整串香蕉就会变成黑色,剥开来烂熟的果肉表层出现透明的区块。我很怕听到大人说:"这香蕉在烂啊,卡紧(快点)分分呷呷咧!"因为不能拒绝。食物不能浪费,还能吃的东西只要吃掉,就不会坏掉。如果有任何人不帮忙吃,大家就没办法及时吃完还能吃的食物,那是蓄意浪费食物,是失德。

尽管全家人时常在水果过熟的压力之下挣扎,但我没有见过大人回绝过这些馈赠。明明收下一篮眼看已经熟透的水果,会让自己往后几天的每一餐,多上不少麻烦,为了留下一颗水果当中可以吃的部分,必须握着菜刀东片西片,和各处软烂的果皮果肉果虫搏斗。不处理放任它烂的话,又犯了浪费食物的罪,明明干脆回绝就可以省下这些麻烦和压力,但是不只我们家,农村里的乡亲之间,很少有人会回绝。

因为疼惜。送水果来的人自己有更大的心理煎熬,本来能卖钱的东西不能卖了,自己再怎么吃也不够快,送给别人多少吃一点,好歹成全到一点点美好,那些在日晒下挥汗种出来的果实,总算没有完全白费。也是珍惜天地的恩泽,"有得吃"在他们的生命里,曾经是最大的困难,每一日的存活都是为了张罗食物,虽然早已安全上垒,抵达三餐饱足的时代,却不敢忘记食物是福泽。老天爷给恩泽让土地生出食物,人自己也要有福才有办法吃进嘴里。

上一个夏天我回老家,天井地上排着半张报纸的土芒果,青的很青,熟的长满黑点,一看就知道没怎么用药,削开来会见到许多活跃蠕动着的生命力。妈妈说是阿桃婶拿来的,阿桃已经八十几岁,两条过劳的腿弯成一个O形,还是天天骑着野狼125到山坪去"做田",她的几个孩子在城里做事过得不错,也老老实实供养着母亲,但老人家就是没办法让地空着,要眼睁睁看着能种的地荒在那里,她宁可拖着身体,做到不能做为止。妈妈问我,这样的土芒果你说要不要收下来吃?我点点头,是应该要吃。

午餐的时候妈妈让我把土芒果处理好,让大家"销销咧",我到天井,拣了一脸盆看起来最刻不容缓的,眯着眼把烂的和长虫的果肉刻掉,最后摆上桌只剩下一盘。弟弟看着那盘奇形怪状的土芒果,表情很微妙,妈妈于是又把阿桃婶的故事说了一次,弟弟的表情从微妙换成知情知命,毅然吃掉半盘。我和弟弟都是乖孩子。

这样怀着柔软的心,不去"挫"乡亲们的好意,让爸妈除了瑕疵水果之外,也会偶尔收到当季最优质的上等货。看见农人递过来用生命种出来的鲜亮饱满的特级品,一脸骄傲地说"这乎恁呷*",任何人都会觉得不好意思,爸爸会问这么漂亮怎么不拿去卖钱?"啊,乎恁呷啦!"这样有情的一句话,光是听就觉得占到天大的便宜,水果还未吃,已经满嘴甜。

涓滴不舍,柔软地收下来到眼前的善意,因此引

---

* 闽南语,意为:这给你们吃。

来更多的、源源不绝的善意，对我来说是知易行难的道理，能够随顺众生，收到什么就吃什么，那是把自己的口欲放在非常次位的境界。我如今只有在父母跟前的时候，或许是进到他们的福荫底下，才比较容易生出意志力，跟着他们乖巧地吃惜福水果。不过香蕉我是绝对不吃的，因为受够了那种"不吃我全部烂给你看"的霸道特性，和过熟的气味。仗着身边的人都爱我，我在二十几岁的时候决定，再也不愿忍着厌恶吃香蕉，不再逼迫自己假装关心香蕉的寿限，鼓起勇气做一个"讨债"的人，看着它们烂。

　　要说一代不如一代，"珍惜食物"这件事我是没话讲的。

阿嬷在浴室里开的课

这样说可能有点对不起妈妈，但是让阿嬷帮我洗澡，比给妈妈洗好玩多了。

妈妈太忙，洗小孩只是工作，阿嬷就不同，她是自己洗澡，顺便洗我。浴室里面没有莲蓬头，只有一个接着冷热水龙头的日式长方形浴缸，要洗澡的时候，在缸底蓄一点热水，拿水瓢舀着冲身体，妈妈就会采取这种省水省时的道德正确洗法。阿嬷相对宽松一些，她会多蓄一点水，大约半缸不到，先把我洗干净以后，叫我爬进去浴缸浸着保暖，她再脱掉衣服慢慢洗自己。

水只浸到我肚子，要等阿嬷一起进来，水位才会刚好。等她洗自己的时候，我就玩毛巾，一边观察阿嬷的身体。阿嬷的身体瘦瘦的，看起来没什么肉，但是很多松松的皮，唯独小腿胫骨的正面，还仅存着紧绷光滑的区块。我和妈妈也一起洗过几次澡，阿嬷的皮肤和我跟妈妈的很不一样，多了很多细小的纹路，而且可以很薄很薄地捏起来，我问她为什么，她说因为她瘦，没有肉，"郎大箍皮肤才会金"，阿嬷对于胖的好话，从来只有这一句，尽管再怎么自豪于利落矫健的精瘦身形，她倒是毫不掩饰自己多么羡慕"膨皮"的人可以拥有光滑的皮肤，我信了她好几年，以为人只要胖就能抵抗岁月带来的皮肤松弛。

　　阿嬷四肢纤细，显得肚子很大，小小的乳房像两个小皮囊一样垂着。她说生了七次，肚子怎么能不大，喂了五个小孩，奶当然会瘦，我一听觉得奇怪："啊你不是说生七次，奈也咁哪饲五个囝仔？""有两个无去啊，生没多久就无啊，一个查埔（男孩）欸，一

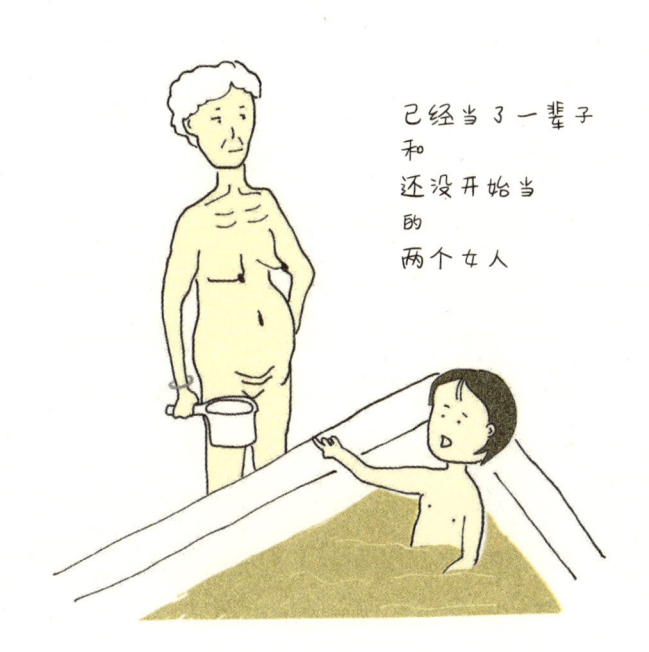

已经当了一辈子
和
还没开始当
的
两个女人

个查某诶。"说话时的表情和语气都没有变。其实那是我第一次听闻，女人会失去刚生下来不久的孩子，但是阿嬷的平淡表情，让我误以为这只是很寻常的事情。

我识字以后，在阿公的抽屉翻到一本族谱，看见自己和全家人的生辰都写在上面，在爸爸之前，在大姑之后，果然还有两个名字，几个兄弟姐妹，就只有这两个被一道直线画过，用的墨水和当时用来写上生辰的，还是同一款，显然相隔不久，乍看就像作家气馁地从稿纸上删掉某行不如意的句子。记录了出生的时辰，却不愿写下死亡的时间，连姓名都干脆画掉，我只能推测，那是连刚毅的阿公都不知道如何面对的伤心失望。失去刚生下来的孩子，心情肯定不会寻常，只是讲这样的事，现在我猜，终究没什么适合的表情，人活着总是会遇到这种发生后才知道会发生的事，不是每个人都能在该哭的时候掉下眼泪，也或许，哭过很多次以后，人终于会没有眼泪。

要不然阿嬷总是兴致高昂有话讲的,洗澡的时候,从不忘对我传授人生智慧。她许多次帮我擦肥皂,去到屁股的时候就叮嘱我,千万不要拿肥皂洗下身,否则会有"bai-khin",bai-khin 是"细菌"的日语,这大概是她在日据时代学到的知识,所以用原文传授给我。我听几次都没信,当阿嬷是个迷信的老古板,用来尿尿大便的地方明明最脏,不一起用肥皂洗干净怎么可以。对着阿嬷阳奉阴违许多年以后,我上初中居然听见老师在台上说,阴道内部有天然益菌用来自我保护,过度清洗反而会让坏菌入侵,只好撇嘴承认阿嬷也有比我先进的地方。

有一次她帮我冲水,我指着她的耻骨问:"阿嬷,为什么妈妈这里有毛,你这里都没毛?"她大笑,说:"呷老就无毛啦!"还举起手臂给我看,腋下也没有。我把这个答案,和上次跟妈妈一起洗澡时得到的"等你长大就会有毛"归纳在一起,明白到原来阴毛在人的一辈子里面,是只会出现一段时间的东西。到中学迎来自己第一根阴毛的时候,我瞬间明白自己已经上

阿嬷在浴室里开的课　065

到妈妈正在搭乘,而阿嬷即将按铃离座的那班身为女人的列车。

大我二岁的表哥暑假回来玩的时候,曾经向我卖弄小学知识,说人需要呼吸氧气才能活,所以在水底没有空气会死,我觉得事关重大,牢牢记在心里。有次阿嬷又叫我先进浴缸,我坐下时不小心踩空,整个人躺进水底,鼻孔正好接着水平面,水一波一波地呛进来。我想起表哥的警告,断定自己正在水底,就要死于缺乏氧气,惊慌哭喊起来。我从水里看见阿嬷站在一旁,完全没有搭救的意思,反而一脸不耐,只差没有翻白眼,骂我:"唎未晓坐起来 hio*?"才意识到自己只要双脚伸直,抵住缸壁就能浮出水面。坐起来以后,我忙着咳水揉眼睛,觉得阿嬷不来救我好狠心,万般委屈只好哭,想用声势责难阿嬷害我独自面临濒死的恐惧。阿嬷看我"张"(拗)起来,忍不住火大,

---

* hio:语气词。

再骂我一次："你若搁躺伫遐（那里），卡停啊（等一下）真正会淹淹死！"那次洗澡结束得很不愉快，阿嬷坚持让我自己起来的严厉神情，一直留在我心里。也许是太早学会装大人样讲话，大家特别容易忽略，那个年纪的我还只是本着天性贪图怀抱与慰藉的小孩，也或许是，在他们自己的成长经验里，怀抱与慰藉从来不是正当需要，家里的大人们，对于把我培育成随时可以独立自救的人，向来非常同声一气，关于求存，他们只教我最有效的。

当然，阿嬷在浴室里面教我的事，不可能全是对的，最枉然的一件就是捏鼻子。帮我擦脸的时候，她一定隔着毛巾狠狠捏我鼻子一下，并且交代我想到就要捏，"你这支鼻仔有够捺（塌）"，"有够丑"，"常常捏看会卡度（较挺）呢"，"捏卡大力咧"。我相信这样被捏鼻子的小女孩，绝对不只我一个。

极冤，根本无效，痛得要死但是完全无效。

阿嬷在浴室里开的课

查某人嘛有自己的愿望

有一年的小学校庆，大概因为是八十周年之类的吉祥数字，所以扩大庆祝，除了本来固定举行的校庆运动会之外，当天还有许多嘉宾表演。我在操场上，居然看见阿嬷和妈妈在司令台上跳舞，对街百货行的老板娘也在上面，都是她们早觉会的成员，她们平日一早趁着天刚亮，小学生还没上学，利用学校的操场跳妈妈土风舞。阿嬷先加入，不久后妈妈也一起，我本来不觉得这事情和我有关，她们出门进门反正都是我睡梦中的事，万万没想到会在学校的校庆上，看见她们出现在司令台。

她们两个，和我平日老在街边遇到的阿姨阿婶，去把头发"设度"得鬓蓬蓬，涂上红唇和浓黑的眉毛，穿上红艳艳的少数民族风服饰，打着赤脚在跳《高山青》。她们身上的衣服，连同头饰绑腿，不知缝了多少铃铛，银闪闪的，一群熟龄女性青春活力地又跳又跺又挥，校园里全是丁零声。我和同学们看着台上自己的家长忘情的舞姿，心里很是震惊，谁能想到天天板着脸管我们太爱玩的婆婆妈妈们，居然也有如此欢畅的姿态。

论跳舞，阿嬷的资历比妈妈早，妈妈是为了运动健身才去早觉会，阿嬷则是从我有记忆以来，一向有她跳舞的社群，她是真心喜欢跳舞。家里对面是一家西医院，先生娘气质很好，阿嬷常在背后羡慕她生得膨皮白嫩。偶尔她会约几个住在邻近的妈妈一起练舞，我只跟着阿嬷去过几次，先生娘的二楼和我家二楼格局差不多，彩色的洗石子地板，木头窗框，旧式单座沙发椅，天花板吊扇，只是先生娘家飘的是消毒水味，我家的是药材味。

阿嬷和她们几个舞伴就在客厅里练舞，跳的是什么名堂我说不上来。来的都是女人，民风纯朴的乡下，同是女性才方便自在牵手跳舞。阿嬷从来只跳男生，她说女生是"鳌"（厉害）的人跳的，舞步比较复杂，常常要转圈，她会晕。我留意到后来妈妈去早觉会，跳的是女生舞步，心里暗暗高兴妈妈比别人的妈妈"鳌"。练舞的时候，负责跳女生的人会穿圆裙，转起圈来才漂亮，她们数口诀记脚步，"一二恰恰恰"，"侧点转一圈"，几个阿姨阿婶平日说闽南语，但是舞步口诀倒是怎么样都只说"国语"，腔调很可爱。看她们练舞，没几个八拍我就会睡倒在沙发上，运动四肢的活动对我毫无吸引力，阿嬷背我回家几次差点闪腰，后来再也不肯带我。

唱歌就不同了，阿嬷出去跟人家唱歌，输赢全要看我。村里面的老人活动中心有台卡拉OK，阿嬷每个礼拜有一天会去老人会参加歌唱活动，每人上台唱一首歌给大家听，互相欣赏鼓励。这种场子当然要赢，阿嬷会在老人会的歌单里面选定下周表演的歌，回来让我帮她练唱。我为了教她唱，自己得先学会怎么唱，家里有一本闽南语歌谣大全，方便我看着简谱学。小孩子记忆力好，学会以后就是人肉提词机，阿嬷在家里哼着哼着中断的时候，我可以立刻接出下一句。我就这样学会许多老歌，尽管不知道歌词里面那些女人的苦情，到底和我有什么关系，但《望春风》《雨夜花》《港都夜雨》《月夜愁》《望你早归》，这些略带哀怨的歌曲，我因为时势造英雄都唱得不错。

尽管受到老人会卡拉 OK 歌单的限制，阿嬷日常大都唱些老歌，但电视上偶尔会出现几首厉害的新曲，让阿嬷一听就心荡神驰，立志非得学会不可，例如江蕙当年那些畅销金曲，《你着忍耐》《不想伊》。村里每个礼拜三晚上会有夜市，我们需要练新歌的时候，就到夜市去买名为"闽南语女歌手合辑"或"闽南语畅销金曲"的盗版卡带，我负责朗诵出劣质印刷封面上的曲目，阿嬷负责点头摇头，务求买到一卷投资报酬率最高的合辑，要是能有江蕙两三首新歌，再搭配洪荣宏、蔡小虎、黄乙玲的组合，就能令阿嬷非常满意。

回到家以后，要把印得跟蚂蚁一样小的歌词，先抄到笔记簿，方便阿嬷的老花眼看，再和阿嬷一起抱着录音机边听边学，阿嬷需要比我多听很多次，遇到拍子复杂的曲子，听十来遍还未必能跟上。旧式的卡匣录音机很难掌控倒带的位置，阿嬷自己一个人练歌的时候，很容易不小心按错键，一旦该倒带的地方按到快转，就再也找不回原来的那首歌，阿嬷可能经常夜里一个人在房里被录音机惹得火冒三丈，隔天一见到我，会立即吩咐我写好"前""后""停""放"，贴到按键。她没有耐性等我到店口拿空白标签，直接拉开梳妆台抽屉，拿出撒隆巴斯（镇痛贴）就叫我写在上面，人烦躁的时候，做一点任性的事情蛮有镇定效果，而且撒隆巴斯的显色与黏着效果，要比文具店卖的标签贴纸好上几倍。我如果没有这个阿嬷，大概不会有这种知识。

查某人嘛有自己的愿望

流行歌比老歌花俏一点,拍子变化多,阿嬷学《不想伊》学得很辛苦,练了好几天还是没办法把那四个"不想伊",塞进同一个八拍里,"不通讲我无情放舍你"也常常放舍太慢,只好凭空自己生出好几拍来把歌词交代完。变形的节拍其实很幽默,再加上阿嬷信心不足更容易走音,我常常忍不住笑倒在床上滚,惹得唱不好歌已经很挫败的阿嬷恼羞成怒,只好用脏话来填补气势:"啊干恁娘啦,啊无是要安哪唱啦!*"

我教过她的最后一首歌,是潘越云的《纯情青春梦》。那时候我已经在高雄读书,放长假才回家,相处的时间不多,只能密集教学。这首歌对阿嬷来说并不容易,虽然是闽南语,旋律和歌词都带着"国语"歌的格调,阿嬷学得很辛苦,写词的陈升把"亲像断线风筝,双人放手就来自由飞"一堆字放在一起,相当折磨我家的七旬老人,该是没有料到做阿嬷的人,也会有纯情青春梦。但是不论多难,每当战战兢兢唱

---

* 闽南语,意为:不这样是要怎样唱啦!

完紧张的一段,终于来到"唱歌来解忧愁,歌声是真温柔,查某人嘛有自己的愿望"的时候,我能在阿嬷终于放松下来的歌声里,听见感动。她非学会这首歌不可,大概就是为了能唱这几句吧。

学校里的公共电话

我读的小学有两个操场，校门一进来是铺着水泥的小操场，早上升旗用，四边围着中低年级教室和行政中心，穿过中廊去到高年级教室那一头，才是标准的田径操场，远远接到据说闹鬼的后山垃圾场。小操场这边，行政中心的一楼柱子上，有一具公共电话，红色转盘式的，一块钱就可以打一通，柱子下面有一张小木凳，给矮个子的小朋友踩上去投钱拨号用。我从入学那一天起，听到老师介绍说那里有电话可以在必要时打回家，就巴望着有一天可以试一次。

实际上我试了不止一次，脑袋里的电话号码只有一个，要打当然只能打回家。第一次是忘了带美劳课要用的彩色笔，人一到学校，看到班长又把那盒七十二色的彩色笔挂在椅子上，我就知道忘了要带自己那盒标准二十四色来，终于有可以打回家求救的正当理由。打电话需要零钱，阿公每天早上会在店口给我五元零用钱，跟我说再见，那是我可以完全自主运用的钱。下课时间只有十分钟，我得先到福利社找开零钱，再在下一个下课时间跑到操场另一头打电话。福利社有不少一元可以买的东西，最常买的是咸橄榄一颗，或是小包碎面，两种都适合放在抽屉里，上课时避开老师视线，偷偷捏一点到嘴巴，偷吃的东西最好吃。买完东西找回四个一块钱，放进蓝色百褶裙的口袋里，丁零当啷走回教室，期待下一节下课可以站上梦幻小木凳拿起话筒打回家。

我记不得电话是谁接的，反正几个大人联合起来拒绝我的时候，都是同一张脸。电话那头说，彩色笔忘记带向同学借就好了，我就这样解开了向别人借东

102型
优点:投币手感近似电动木马

103B型
优点:可免费打给警察

西来用的人生成就。有一次忘的是算盘,这可没办法和邻座一起用,于是硬着头皮打电话回去,大人说店里很忙,叫我自己想办法。我的办法就是等着老师发现以后骂我,那一堂珠算课正好小考,是简单的二位数加法,我如坐针毡地看着同学们打算盘,不敢作弊在考卷填上自己心算的答案。发回零分考卷时,老师没有骂我忘记带算盘,她骂的是:"怎么那么笨,连心算也不会,就算心算太难,笔算也比珠算快啊,你傻瓜啊?"

我回家万分哀怨地说班上的谁和谁,忘记带东西都可以请爸妈送来,就不会被老师骂,他们一听反而喜上眉梢,说被骂是应该的,"尚好顺唰扛咖噜(顺便打屁股),谁教你这泥粗线条"。经过算盘事件以后,我不再寄望家人们会帮我送来任何漏带的文具。

后来有一次同学忽然病了,老师打电话请家长来带回去,我又重新燃起希望,忘记带文具不行,生病应该就可以了吧?那时候万分懊悔小二那年被隔壁班男生的溜溜球打中眼睛,没有想到要把握机会打回家,只好尽量扭伤脚踝。

怀抱阴谋后,体育课上起来反而没那么讨厌,我的肢体笨拙,只要奋力跑一阵就会扭伤,下课时果然走起路来卡卡的,我满心欢喜装出可怜的声音打回去,那边说:"好啦!"就挂断电话。放学后我在教室等了很久,没有人来。老师一早就拎着她上午买的菜回家去了,几个平日和我一起走路回家的同学,听我说大人会来载,都先走了,我自己在教室里不知道可以做什么,陆续有高年级的陌生学生经过,见到我在里面呆坐显得不大寻常,一路边走边回头打量我,我越发坐立不安,没出没息地决定还是回家好了,反正自己知道脚其实演得比扭得严重。

从学校走回家里大约十分钟,我嘟着嘴拖着牛步走,一路看着对向车道有没有家人骑脚踏车的身影。几百公尺的路一下就到家了,我踏进家门也踩死最后一丝希望,没有人去接我,而且是根本没有人打算要去接我!店里生意并不忙,这时候大家赶着回家煮饭吃饭,没多少人来拿药,大人闲闲做着店里琐事,看到我垮着脸走进来，首先关心的居然还是我有没有打招呼："啊转来不免讲腻？*"我百般不情愿地念一遍"阿公我转来啊爸爸我转来啊阿嬷我转来啊"，只想赶快躲进后厅不理这些人。这些大人大概很得意总是能看穿我的居心，我很生气他们连一次也不肯配合演出，撒一次娇也不让，但小孩子怎么想在那个年代并不重要。

我就这样如大人所愿放弃上演讨拍的戏码，铁一般的死心，认定从他们身上要不到任何便宜，在学校有事情就求同学求老师，有时候有人帮，有时候没人理我，最坏顶多是挨老师一顿骂或打。如今回想起来，大人原来期待着我上学以后，能够断另一种奶，万一真有事情，电话会是学校打去的，其他就让我在老师眼皮底下自生自灭，才好学会靠自己。

四年之间，学校的公共电话从转盘式的红色，换

---

* 闽南语，意为：回来不会说一声啊？

成新款的按键式蓝色电话,我也彻底确认了公共电话的功能,对我来说,就只剩下和同学起哄乱打一一九和一一〇,警察伯伯比家里几个大人有反应多了。

(警察,对不起喔!)

去隔壁册局买一块垫板

上小学以后,有一天阿公叫我过去,说:"哒,这五元乎你,去隔壁册(书)局买一块垫板,拣你甲意(喜欢)的。"垫板就是一片薄薄的硬塑胶板,正面通常是各种卡通人物图案,背面是九九乘法表,让小学生垫在作业簿里面写字,避免笔画痕迹刻印到下一页去。我曾经见过阿公也这样掏钱给暑假回来玩的表哥表姐去买垫板,看着他们在书局挑得不亦乐乎,心里好羡慕,终于轮到我了!我兴匆匆到隔壁书局挑好垫板,拿回家跟阿公献宝,问他是不是"足水"(很漂亮），阿公没有对卡通人物置评，直接把垫板翻到背面，举到我面前说："这九九乘法表，你要拢总背起来。从二一二这排先背，搁来三一三，搁来四一四，我会甲你考试哦。"

我没有预料到可爱的卡通人物后面居然附带这些东西，接回那块垫板，我瞬间从只需要管好自己吃喝玩乐的幼童，领牌成为必须学习知识的学童。唯一值得安慰的是，阿公没有说整张垫板都要背，最下面那些外国人的字看起来好难。本来每天晚上我最期待的，是等妈妈煮好晚餐，我到店口去叫阿公进来吃饭，我们祖孙俩一起享受刚开锅的白饭，刚上桌的肉臊，和冰凉的台湾啤酒，自从开始背九九乘法表以后，我很怕在餐桌遇上阿公，不用顾店的时候，他就有闲工夫抽查我的进度。

一整个方框里面密密麻麻的数字，居然可以全部背进脑袋里面，明明乍看之下不可能做到的事，大人只是气定神闲交代我逐摞去背，而我也就这样背起来了。这件事情让我觉得大人好聪明，懂的真的比我多，听他们的话对我真的有帮助。

小三那年，村里的天主堂来了一个新神父，留学美国的，很有教育热忱，开了一个免费儿童英语班。妈妈说反正我从前也在天主堂读的幼稚园，环境和老师都令人安心，与其在家里混时间，不如去学点英文。我本来对英文印象很好，爸爸平日常拿自己从前的英文成绩说嘴，炫耀他读英文很有办法。"tree key 疼"，用闽南语说牙齿痛，就可以一次背起两个单字，树木和钥匙，聪明到翻天。

在美国当小留学生的两个堂哥，录了一卷耍宝脱口秀专辑寄回来给阿公，第一段是一堂英文课，两兄弟你一言我一语，用闽南语教不负责英文：

"How are you？"就是"你好吗？"

伫在美国讲话爱颠倒并，未使（不可以）讲"你好吗"，爱讲"吗你好"。

How 就是"吗",are 就是"你",you 就是"好"。

这卷录音带阿公几乎每天听,早上开店门以后,他就播着脱口秀扫地抹柜台,阿公如果听了一百次,我最少也跟着听了五十次,我们都学会 How are you 就是"吗你好"。去到天主堂的英文班,第一课果然就学 How are you,神父说了一串长长的话,解释每个字的意思,为什么要放在那个位置,和"吗你好"一点关系也没有,而且很难懂。我顿时发觉家里那些讲话故作聪明的男生都不太可靠,也对英文失去美好的幻想,仗着神父总是恒久忍耐又有恩慈,我上课全在打混,一个学期下来没背上几个单字。尽管如此,我还是每堂乖乖去上课,有地方可以去总是强过在家无聊,妈妈没有追究过我的学习成果,大概当初帮我报名也是这样的盘算,有神父免费帮手看两个钟头的小孩,根本是圣母玛利亚赐赠主妇们的礼物。

在神父之后,村里早觉会的土风舞老师的女儿大学毕业，回到乡下来，也开了儿童英语会话班，这回妈妈觉得，我就快要从小学毕业，不赶紧认真学点英文，怕进了初中输给其他先跑的同学，于是又帮我报名。老师在自家客厅摆了几张塑胶小凳，让我们围着茶几上课，偶尔备一些点心，像开同乐会。对着刚毕业的马尾女大学生，学生们的确多一点热情，我也多记了些简单对话，虽然和初中英语不大相关，但是总算是开始习惯另一种语言的逻辑。

后来在学校里，老师第一次教注音的时候、第一次教九九乘法的时候、第一次教音符的时候、第一次教英语的时候，我都偷偷庆幸，自己先会了一点，不需要成为那群白纸一般、需要花费老师很多耐性和心力的学生。当然老师们大都是预备好要来花费耐性和心力的，但是没有任何一个小孩乐意成为全班最后才懂的那一个，人都需要一点自我感觉良好。如今看起来很容易的课题，当年初学的时候，的确是一片迷惘，而能够在别人一片迷惘的时候，心里却默默知道自己已经会了，其实让我很有安全感。

阿公和妈妈预先扮演学习的黑脸，让我在正规课程上，可以淡淡定定做一个安心的及格生，甚至偶尔获赞一两句"反应快，天资好"，的确让我生出信心，去面对后续更复杂的课业。正在认知世界的孩子经常听赞，或是经常觉得自己差人一点，大概也会铺出完全不同的自我信心和人生道路吧。在联考前最黑暗的时期，化学算式和数学函数怎么解怎么错、怎么补习怎么漏洞的时候，也只有英文和"国文"里一贯的成就感，让我在那个一考定生死的时代，作为一个别扭的青春期女孩，觉得自己还有一点熬得出头的希望。

要以成人的姿态在这个现实社会活得如意，并不容易。学历未必能够保障出路，但是没有学历更难找路。尽管联考制度糟糕，儿童需要快乐成长，但是我如今想起不懂英文数学的阿公和妈妈，当时板着脸硬逼我事先预习种种课程，倒是已经忘了当时的不耐，只记得当时大人就已经开始要紧我人生出路的温馨。家庭生活不可或缺的一部分,就是大人带着孩子一起应付时代的荒谬吧!

好多零食喔，有巧克力、果汁、米香、汽水、蜜餞、糖果⋯⋯還有好多好多，挑哪樣好呢？

陈女 Lesson 3

这包宋陈系虾咪郎开开呃蛋抵家蛤？

「麻糬、桌仔顶鲅鲃粿、肉臊面、芋仔饼、苹果面包、菱角、雪克吖。羊羹、冰卵、拌煞、烧肉粽。」

买一缕幼面

早期的台式建筑很"深间",从前面店口到后面起居空间,要经过长长的走廊,我会讲话会走路没多久,忙碌或懒惰的大人就开始叫我传话。传着传着,大家发现我的口语能力发展得可堪信赖,开始把我当作人体录音机来用,在我身上放几个硬币,就可以把传话功能延伸成代购服务。

杂货店在同一条街上,同一边,和家里的店面只隔着几间。老板娘"Yosi 将"从我有记忆以来,就是阿嬷的会头,每隔一阵就会看到她出现在阿嬷的房间,两个人神神秘秘在讨论"这次要写多少"。因为是交情深厚的邻居，大人们丝毫不担心派我去买东西会被骗。

要买东西的时候，妈妈会把我吼进厨房，交给我十块钱，说："你去Yosi将那里，说'我要买一缕幼面'，会讲吗？"我复述一次"我要买一缕幼面"并记住发音，妈妈一边搅着锅铲，一边说："对，卡紧咧！"我拔腿跑出门口，右转，一路跑进Yosi将的店，对着空气大喊："我要买一缕幼面！"Yosi将家的人就会出来赞我聪明，从杂乱无章的货堆里挖出一卷白色面线给我，拿走我的十块钱，找我几个硬币，我再跑回厨房，一手交还零钱，一手呈上面线，等着妈妈确认银货对版。

因为买东西，我学会很多单位量词。买过幼面以后，我以为一条一条的东西都算"缕"，有次妈妈叫我去买米粉，我问："咁是买一缕米粉？"她说不是，"买一熨米粉"才对。闽南语读起来像熨斗的"熨"，舌头要抵在牙齿后面发促音。我偷偷觉得米粉比幼面高级，因为发音更难，听起来更有深度。我略带沉迷地多练习了几次"熨"的发音才离开厨房，去到Yosi将店里讲的时候，觉得自己已经学会讲大人的语言，自我感觉无比良好。

再大一点，比较有思考能力，借着买东西学会的事情就更多了。一次，阿嬷让我去买味噌，"买五块就好，五块就够了"。Yosi将倒了会，全家不知搬去哪里，杂货得去菜市场买。我骑脚踏车去市场，找到阿嬷说的酱料行，拿五块钱说要买味噌。头发烫成大卷的老板娘一脸不豫，问我是谁家的小孩，谁派我来的，我怯怯报上大人名号，农村里面没有人可以瞒得了自己的来历，老板娘叹口气说："我就知影！"回头抽出一个最小号的透明塑胶袋，打开味噌箱，拿里面的饭匙挖起鸡蛋大的一球，装进塑胶袋里，弯下腰来交给我说："回家跟你阿嬷讲，我上回就告诉她现在没有人买五块钱的味噌了，至少也要十块，下次五块不卖了。"

我回家如实禀报，以为阿嬷会义愤填膺地说："骗肖（当我傻）欸，我不会去跟别人买腻！"但她却反常地撇撇嘴说："有够keji（吝啬），好啦，后回买十块啦，反正不会坏。"我怀疑阿嬷早上在市场才碰过钉子，买不到五块钱的味噌，但是吃定人家对小孩会留情面，所以回家派我去做这种自己方便、别人困扰的事情。我在这些无伤大雅的小事里，明白阿嬷除了疼我，也会用我，她不是不爱我，只是当我自己人，让自己人去做一些自己会做的事。

Yosi将的杂货店再过去几户，是面包店。每天下午四五点是面包出炉的时间，阿公有时候会叫我过去，拉开柜台的抽屉，拿出一张钞票，让我问明众人想要的口味，去买回来当点心。我超爱这个差事，谁不爱刚出炉的面包呢？夹好大家指定的面包以后，我就可以挑一个自己喜欢的，通常是奶酥，"吧嗒"（奶油）的。妈妈从小禁绝我吃零食，刚出炉的奶酥面包香喷喷甜滋滋，是最接近零食的合法点心。

台式面包之学名与俗称

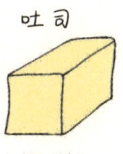

菠萝	葱花	奶油	肉松
"卜楼欸"	"苍啊欸"	"窟力姆"	"霸搜欸"

螺卷	奶酥	炸弹	吐司
"捲雷"	"吧嗒欸"	"咋弹"	"朽胖" k

拎着一大袋又暖又香的面包走回家,我常常开心到跳着走,一边跳一边甩面包袋。有天我甩着甩着,忽然明白"离心力"的存在,发现越是用力把面包袋往前甩,面包就越往袋底沉,真是好玩。即使用力甩一个圆,面包在空中倒栽葱的时候,也不会掉出来!我一路兴奋地甩回家,跳颠颠地把面包发给大人们,但是发来发去却怎么也找不到阿公要的"窟力姆"(Cream),阿公很慈祥,问我是不是漏了,我回想起自己明明有夹起窟力姆的画面,心脏一沉,说:"我……我回去看一下。"

阿公的窟力姆果然掉在骑楼的地上,好好地躺在那里,就在我疯狂自学儿童物理课时经过的路段!我赶快捡起面包拍一拍,还好没弄脏,拿回家呈给阿公。阿公边接过,边问我:"你拿漏勾齁?"我无法判断阿公会不会为了我贪玩弄掉一个面包骂人,但是确定人吃一个掉在地上却没有很脏的面包应该没关系,于是点头说对。

啊,我终于说出这个三十几年的秘密了。

午后的一人实验

早在嬛嬛还没遇上果郡王之前,我就知道什么叫作"岁月静好",而且自己一个人就可以好。

夏日午后的乡间小院,一阵一阵吹来微凉的风,一切劳作都暂停下来,连野猫也困得没力气抬头。云飘得很慢,天空那时候还是真的蓝色,阳光白灿的天地之间,会动的只有树叶、花瓣、小白蝶,和我。惬意不需要有人教,遇上了就知道好。

午餐过后的时间,尽管前面的生意还是有人顾着,后端的"家庭营运中心"却完全停摆。阿公和阿嬷吃过饭就要午睡,家中老大要睡觉,整个房子都必须进入静音状态,如果有什么人非得在这时候做什么事,就得把声响控制在比冰箱运转声还小的分贝量,很难施展手脚。

对我来说,这道规矩并不是"午睡时间禁止活动"的戒严令,而是"只要够小声,就可以为所欲为"的自由召唤。一天当中只有这段时间,是大人困乏得无暇理会小孩的时刻。随着肌肉日渐发展成熟,加上反复的练习,我很快就学会如何在身旁的大人呼吸变得沉稳的时候,极缓慢地滑出被窝,无声地扭开喇叭锁,走出房间,进入完全自由的世界。

我是这样认识水银的。发烧的时候,妈妈塞进我腋窝的玻璃棒子里面,有一条银色的线会动,像虫,从底端的银色基地慢慢爬出来,又慢慢缩回去,爬出来的时候基地不会变小,放在冰箱里缩到底,基地也没有变大。我想知道那个不用电池,不是生物,但是慢，乃无声之第一要诀。

会动的东西，究竟是什么。大人说是水银，但光是名字无法解答疑问，弄懂银线的最快办法，就是直接打开玻璃棒，让银线彻底离开基地，拿在手上研究。白白破坏一件用品是浪费，我没想过要问，问了就没戏了。我趁妈妈午睡的时候，从梳妆台偷走体温计，去到隔壁房间，不浪费一分一秒地，用牙齿狠狠把玻璃咬断。

体温计里的水银很少，不容易握住，滑落地面时，那圆滚触地的姿态非常可爱。怎么滚都是合在一起的银色水滴，拿手指压它，要费一点力气，才能分割成两个大小不同的圆珠，软摊摊地抖着，扫到一起又融回去。我目不转睛地看了又压，压了又看，那真是这辈子见过最神奇最美丽的水滴，闪着银光，有点重量。初中的时候，老师说水银是唯一液态的金属，我回想起儿时记忆里的指尖触感，看同学们传阅着封在玻璃罐里的水银样本，表情木然，忽然觉得自己和水银之间仿佛有点什么私交，内心隐约感到自己当年享用了某种特权。

实验的最后经常会使用到衣架。
  妈妈

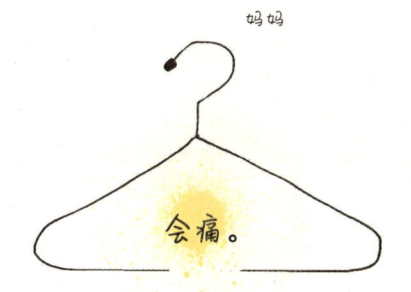

会痛。

还有糖衣锭。大人说那些药锭虽然甜甜的，其实里面包着小孩子不能吃的药，我瞬间获得结论，药吃了会出事但是糖衣没关系。糖衣锭只舔一下的话，外观看起来好像没有变化，也就是说，如果我不要舔太久，就不会看出药被舔过。爸妈房间里有一罐维他命，玻璃瓶里面装着一颗颗橘黄色的圆形药锭，我看定目标以后，终于等到有一天爸爸午觉睡得很沉，我拿走玻璃罐，躲到院子里，把药锭挖出来一颗颗含过，再放回罐子里。可惜我那时候还没学会水分对于保鲜的影响，要不然就知道该先用卫生纸按干药锭再放回去，那就可以延迟大人发现的时机。我已经不记得后来挨了哪种揍，我的午间实验经常以被揍收尾，但时至今日，回想起含完整罐糖衣锭的满足感，到现在依然甜美鲜明，毫不后悔。

唯一在东窗事发之后没被处罚的一次实验，应该是滚楼梯。电视上常有你追我跑的情节，也许是捕快抓小偷，也许是坏猫追小鸟，无论追人的被追的，十个遇到楼梯有九个会滚下去，抵达地面之后再爬起来继续跑，我由衷赞叹这个"以滚落代替步行"的巧思，非常希望自己有一天也能掌握这项技巧，节省步行楼梯的力气和时间。终于逮到机会的那天，我站在二楼梯顶，目测完自己的身长和阶梯的长度以后，屈起膝盖抱在胸前，便侧躺着一路滚下去。但实验发现，滚楼梯无法节省时间，因为会昏过去很久。听说是叔叔路过楼梯，赫然发现"奈也有一个团仔躺在这"，大人才来把我弄醒。所以实验也有失败的，但再怎么失败，能换一个"甘愿"，我很甘愿。

直到现在我依然庆幸自己身为一个人类，在成长的过程里，曾经有机会摆脱大人的注意力，以第一手的视野去探索世界。纯然由心底自生出来的求知欲，像是从体内蔓延出探索的触手，带着不知道危险为何物的全然安全感，试图在游走间触摸到答案。对我来说，那是这辈子所谓"学习的乐趣"的最高级，后来的学习，因为已经懂得各种自我设限，再也不曾那样兴奋有趣过了。

午后的一人实验

这会枪杀你知呒知

刚上小学不久,有一天我在放学回家的路上,遇到一个陌生男人发传单,那是一个普普通通的路人,不特别惹人提防的模样。我们交会的时候,他抽起一张黑白印刷的传单塞到我手上,叫我拿回家给大人看,我当时的读写能力只发展到注音,尽管勉强认出几个"民主""人民"之类笔画简单的字,还是不足以拼凑出完整的句意,也猜不出传单上说的是什么。回到家里,店口碰巧没有客人,只剩阿公一个人顾着,我把传单递给他,问他上面到底说的是什么,阿公只瞄了一眼,就从药柜后面急急走出来,拽住我的手臂吼:"这会枪杀你知呒知?!"

我当然呒知,而且觉得手几乎要被阿公拆下来。阿公凶起来很像暴力漫画,阿嬷和爸爸的几个兄弟姐妹,每一个都曾经警告我,阿公属虎的,很凶。但是阿公真正对我这个宝贝孙女暴怒的次数,一只手可以数完,这是其中一次。我被吼得不敢作声,阿公的意思是我会害自己或家里的人被枪杀吧,是谁会来杀呢?有枪的人只有警察和阿兵哥,他们是保护人民的人,无端端的哪里会杀我们?我不懂阿公到底在说什么,路上天天有人拿传单回家,无论想杀人的是谁,总不可能跑到这么多人家里,一个一个全部杀掉吧?

三叔也这样被吼过。他还单身住在老家的时候,曾经提议大家一起上甲仙的锡安山走走,说朋友最近才去过,没想过离我们这么近的地方,有一个美得像仙境的世外桃源。我一听到甲仙就想到芋冰,还没来得及欢呼,先看到阿公的表情,赶紧把手脚和鼻息全都收敛得像只乌龟,不敢喊噌。阿公对着三叔暴吼:"那种所在未使去!"说他不做正经事,专想一些"呒属赛欸代志(不实在的事情)"。三叔很闷,平白被阿公骂了一顿,事后对着我抱怨阿公什么都怕,才是呒路用。我静静听了,把锡安山这个地名记在心里,判定那是个阿公觉得危险,但应该有点意思的地方。

很多年后,阿公老得不能出门了,我们终于上到锡安山,原来那是一个自外于社会的基督教会,开辟了一个山头过着自给自足的生活,当年为了土地等诸多议题,和当局有过多次激烈的冲突。我读了停车场边上控诉国民党政府迫害的手写海报,终于抓到一点蛛丝马迹,能够猜测阿公为什么不让我们来锡安山。冲突事件里谁是谁非一时三刻很难看得明白,但是站在与当局对立的那一边,似乎很容易有人流血。或许是因为这样,阿公才以最高层级的戒心来提防,任何与当局为敌的人事物,他一丝一毫的边也不许我们沾上。

我觉得阿公稍嫌夸张了,冲突抗争难免有流血,但那毕竟是小众之小众，别人家的事，我们家安分营生，会有什么事能轮到我们头上呢，何至于要这样怕？他对警察的忌惮根深蒂固，经常拿警察恐吓小孩，说他们会把不听话的囝仔抓去关，我着实怕了许多年，要到上了小学，课本教我们军人和警察都是保障我们生命安全的人，才渐渐放下心来，知道阿公只是吓唬我。

二〇一四年三月二十四日那天凌晨，学生冲进"行政院"的隔天，坐在济南路上的我，倒是出乎意料地又凑出几块阿公心中恐惧的拼图。在这个过程里，随着社会事件的冲击，多读了台湾史料，我发现自己和阿公虽然在不同的时代，遇见不同的事件，却很可能生出相同的害怕。要说怕警察，我们怕的不是派出所里面，点算到后来总会变成同学娟娟的爸爸，或菜市场文金婶他家老三的那一种；而是在难见真身的云雾里，代表当局来界定暴民排除暴民的那种警察。一个凌晨的见闻让我对台湾社会和当局生出恐惧，我推想，阿公心中巨大的不安，靠的肯定不只是一个锡安山事件的喂养，能让一个人怕到终身不提自己的害怕，那恐怕是更多更暗黑的见闻。

阿嬷热衷于妇女会的免费活动，我也爱哭爱跟路参加过几次，在民众服务站前面和村里的阿婶阿姨们集合，搭游览车出去玩。回来以后，阿嬷会说两句某某民意代表人不错，真慷慨，这次迌迌（玩乐）了盖欢喜，下个月选举要"凳乎伊"（投他的票）的话。但阿公完全不会，他缴所有该缴的税，履行一切公民义务，但是对于政治没有一丝一毫个人见解。每到选举日，阿公出门投票前只会机械式地问过爸爸或阿嬷，应该投给谁比较好，没有第二句话。爸爸还会说，做囝仔的时阵，曾经在门口看过军用卡车上面载着用布条蒙眼的村民，不知道要去哪里，有没有回来。但是我和阿公相处的二十多年里，没有听过阿公提起，他看过什么样的人，见识了什么样的场面。根据"有一分证据说一分话"的原则，我好像不能主张，这个社会曾经惊吓过阿公。

谜底后来是爸爸揭开的,在我追问之下,爸爸才模糊想起,大伯父从前在日本读书,一次回台的时候,傻乎乎接受友人请托,帮带了一份包裹,入境的时候被翻出一本《毛语录》。阿公费了许多精神和金钱,才让大伯父平安回到家,但警察从此时不时过来关切家里的日常起居,让阿公很难放心。我猜是那些我根本无从想象的周旋,让阿公决心成为无声的公民,安静得仿佛什么事情都没发生过。只是,在那个时空背景下,他的沉默反而为自己打上一盏探照灯,成为我的历史舞台上说出最多故事的那一个。

说"国语"比较高级

在学校不能说闽南语,要是说了让老师听到,就得到教室后面罚站,我很不能理解那些男同学罚站的时候怎么还能趁空嬉皮笑脸,明明是非常丢脸的事情,我怕极了。之前上幼稚班的时候,老师虽然说的也是"国语",但是因为没有禁止说闽南语的规定,我从来没意识到原来自己有些话用闽南语说得比"国语"溜,上了小学在禁令之下,才发现话出口前如果不先咬住舌头想一想,很容易犯规。

乡间的共通语言是闽南语,有太多日常用语不作二想地使用闽南语，就连乡音浓重的老杯杯（老伯伯）来家里拿药，也会使劲拼凑出关键字汇说明病情，"窝这个脚要吃通会搂（血路）的药"，血路在农村要用闽南语通。所以刚上小学那一两年，稍微紧张一点，家里没有人能教我，"国语"主要是看电视乱学，在学校硬说，吃"芋粿巧"也要变成吃"芋头糕"，自己掰得心虚，老师听见也浮现飘忽的微笑，不知是嘉许我一心学"国语"的志气，还是也发觉"国语"说不出"芋粿巧"的微妙。

"国语"与闽南语之间有点细微的文法差异，全台湾最知名的例句大概就是"老师他给我打"，这六个字放诸南北不知在多少小学生的嘴里出现过，老师们的反应也一致得仿佛教学手册有所记载，凉悠悠地堵上一句："他给你打还不好吗？"我察觉到闽南语和"国语"的被动式句型不同以后，再听见老师这样打发学生，暗地里觉得奇怪，那么严格不许我们说闽南语，怎么又不教我们说好"国语"。其实老师们自己的"国语"也南腔北调，卷不卷舌好像只是学生的义务，有些年纪比较大的老师，乡音重得和注音符号丝毫不相应。最夸张的是凶巴巴的训导主任，常在升旗典礼的司令台上责备大家放学路上放肆说闽南语很难看，但是每次点名骂我们班的时候，都要说成"奥连奥班"（二年二班）。我觉得自己"国语"明明说得比他好，还要受他训斥好冤枉。

虽然觉得冤枉，但我一点也没有想要反抗的意思，我想说好"国语"，因为说"国语"的世界比较高级。"国语"的电视节目比闽南语的多；"国语"歌曲可以小城充满喜和乐，但是闽南语歌曲一天到晚自悲自叹歹命人；穿体面衣服轻声细语工作的人，绝大多数说"国语"；黝黑臭汗奔波窘困的人，常常说的是闽南语。我从来没有犹豫，自从开始上学以后，前往那个体面的轻松的明亮的世界，就一直是我的唯一选项。

我非常羡慕班长，爸爸妈妈都是老师，从小家里说的就是"国语"，她根本一句完整的闽南语也说不出来，学我们讲"惦惦"的时候，也不懂要在音尾把嘴唇合上，那个笨拙的神态，看起来十分高尚，就像好学生说不出脏话来的样子，实际上她也经常被老师指派为班上的模范生。我对于自己闽南语讲得那么溜，感到羞报，有些人可以不用学就说得一口流畅"国语"，真是幸运。妈妈说有些人是"出世来好命欤"，我想指的就是班长那个意思，妈妈有时候也骂我实在"太好命"，但我觉得这两种好命肯定有名次前后的差别。

上进心发达过头的时候，我曾经愤怒家人为什么不会说"国语"，如果全家都说好"国语"的话，我们不就可以一起当上等人了。妈妈的"国语"说得不好，从小听她说会来家里拿药的"张石英"阿姨，就是在小学任教的老师，后来她凑巧担任弟弟的班导，我看到弟弟作业簿上的名字，才知道原来张老师不叫"石英"，叫"淑英"。阿嬷的"国语"更不行，她想学"国语"歌的时候，得让我先念给她听，让她在歌词边上逐字用平假名注上发音。遇到ㄓㄔㄕㄖ的卷舌音，日文就无解了，只能取近似值，我对卷舌音并不坚持，但是很想要她发好"ㄈ"的音，因为把"飞翔"说成"灰翔",是最令我羞耻的闽南语腔,那些从小说"国语"的人,未必顾得全卷舌音,但是绝对不会说错"ㄈ",一旦说出"灰翔",就是彻底泄露了我们低俗的出身。

阿嬷不喜欢我紧盯着她的ㄈ,那是她一辈子没用过的唇形,连带嘴里的全口假牙很难装得牢靠,让发音更加困难。她唱不准歌词的时候,我毫不留情地讪笑和纠正,确实让她感受到我的认真,也接收了我对闽南语腔的羞耻心。心情好的时候,她会说:"啊拍谢啦,阮都呒读册,卡呒水准啦。"*火大起来也会发脾气:"赚钱乎你读册,搁爱乎你笑。"她生气的是我嘲笑她,不是反对我认为她不会说"国语"没水准。她也同意只会讲闽南语是落后一点,在我生存的世界里,没有人质疑讲"国语"比较高级的事实。

有一天,我如常翻着家里的旧物堆,意外挖出一叠发黄的线装簿本,上面写着阿公的名字,里面全是蝇头小楷,大都是中医的诊断摘要。其中最残破、年

---

* 闽南语,意为:不好意思啦,我都没读书,比较没水准啦。

份看起来最久远的一本，上面写着"四书"，是阿公少年时读书的抄书笔记，全是《论语》《孟子》《中庸》《大学》的金句选录。霎时间我意识到，阿公一句"国语"也不会讲，但是他读过书，而且读得比当时的我多。所以事情不是像阿嬷说的和我以为的那样，有读书的才说"国语"。"国语"在台湾的确比闽南语高级，我知道自己的观察没有错，但是究竟为了什么原因比较高级，我却要十几二十年来靠着用"国语"读书，离开闽南语的乡镇，移动到相对"国语"的城市，过"国语"的生活以后，才有机会听闻人们用着"国语"辨析，闽南语曾经如何低级了去。

闽南语的世界加上"国语"的世界，堆叠出现在这样的我。偶尔听见有人疾言厉色数落"国语"人对闽南语人的侵害，我总是不免心虚，不晓得这一路走来为了求得一份稳当日子，是不是踩踏过什么人的脚指头，蒙着头成了既得利益的施暴方。但说起来我实在不曾得过什么便宜，只不过是一直想要避开说闽南语会吃的亏罢了。

学钢琴

爸妈在我很小的时候，问我想不想学钢琴，我说想。当时我读幼稚园，不大确定学钢琴是什么意思，以为和"要不要坐摩托车去玩"是差不多程度的活动。他们觉得"钢琴老师"是个很适合女生从事的职业，时间自由，往来单纯，社会地位高尚，不必出门看老板脸色，而且不用缴税，赚到的都归自己，爸爸向我慎重强调最后一点，想要我明白那是特别的好处。但学琴的一路上，我真正享受的好处，完全无关乎钢琴本身，小人小手练琴有点辛苦，反而是周边那些看起来无关痛痒的附带活动，成为学琴的美好记忆。

一开始先上儿童音乐班，每个星期三下午，妈妈带我搭一个钟头的兴南客运，到台南市的功学社去上课。我还是小得有人会让座的身形，对于客运司机在山路上的狂飙，不太能够适应，很容易晕车。爸爸担心我周周晕车太可怜，妈妈倒是冷静，说吐久就不吐了。我吐过客运地板、自己的手掌，和妈妈的手提包，有时候勉强能够忍到下车才吐在路边，妈妈一边帮我顺背可能也一边暗松一口气。音乐班上不到半期，我的确就如妈妈所预言，发展出搭乘客运的高度耐受力，这个能力甚至延伸到我成年之后，无论多么险恶的路径，多么亡命的驾驶技术，我都能自在随顺车辆疾驶的方向甩脖子撞车窗，一点也不觉得晕。从小在台20线省道上颠簸翻滚，周身细胞没有一颗没受过兴南客运的整顿，现在偶尔休假回老家，发现身体如今比脑袋还记得那些过弯的角度，是意外的惊喜。

功学社在中正路上，旁边几步是个涵洞，涵洞里面有个面摊，风向正好的时候，一下课出到功学社门口，就会闻到大骨汤和白面条的香气，冷天里特别叫人难以抗拒。我喊饿的时候，妈妈会带我过去吃一碗麻酱面。用的是细面，能沾附很多酱汁，有时候意外夹住几粒肉汁里面的肉臊，就成为特别丰富的一口。点干面会附上一碗清汤，撒上芹菜珠、胡椒粉和香油，坐在冷叽叽的铁板凳上，那碗附赠的热汤特别讨喜。在人生中，出现时机恰到好处的食物，往往会成为记忆里面无敌的味道，那涵洞里的麻酱面，是我吃过最好吃的麻酱面。

音乐班结业以后，开始上一对一的钢琴课。我随着程度换过几个老师，最后一个高段的、最认真为我铺设正统乐理道路的，却也是令我彻底失去学琴兴趣的老师。但是去她家还是很有意思，从车站走过去要十几二十分钟，沿路不少美味佳肴。清蒸肉圆、浮水鱼羹、锅烧意面，偶尔小绕一段还有万川肉包，和隔壁的万村米糕，都是忧郁钢琴课之前之后的安慰。老师家是个西医诊所，磨石子地板，白色的诊间和药局，和我们家一眼看完的药柜完全不一样，圣诞节的时候，还会摆上一棵圣诞树，上面挂着许多可爱的人偶，胡须和衣饰都泛黄了，看得出来有点历史，大概是每年重复拿出来摆的。我有几个钢琴老师的爸爸都是西医，她们的钢琴都放在二楼客厅，面向成套的得体沙发，椅背上披着手钩的棉线针织沙发巾，养护得洁白干净。我很小的时候，在家里也曾见过这类桌巾沙发巾，毛织的棉织的都有，后来大人忙着做生意，这些叮叮咚咚的小碎件就全给收起来了，看客厅的摆饰就能知道屋子里有没有不用操劳奔波的闲人。每一次在老师家弹不好的时候，我特别能清楚看到，自己将来不会成为那种客厅里的风景。

偶尔因为老师调课，或是办事拖到时间，回到家已经晚了，街上的面包店和小吃店都已拉下铁门，我偏偏肚子饿，妈妈只好带我蹑手蹑脚到厨房，煮平日禁绝的统一肉臊面，那年头好像没有别款口味能够与之匹敌。厨房就在阿公的房间对面，怕开灯会让阿公

有一次，爸爸代班带我去上课，
途径新化附近的养鸡场……

我细汉就是闻鸡屎味，大汉才会这呢巧。闻卡大力啊！

不好睡，只好就着抽油烟机的小灯煮面，等水开的时候，我就和妈妈一起站在灯泡的黄光里，听着蟑螂在暗里窸窸窣窣。在静默之中，我常常忍不住掰几口未煮的面块当零嘴吃，妈妈也一定会省着半包调味粉不加，用表情告诉我吃那么多味精不好。面煮好以后，妈妈为了尽量避免吵到阿公阿嬷，只能在一旁等我吃完，才和我一起离开饭厅，上楼睡觉。日后每当我闻到肉臊面的味道，都不能不想起那圈昏黄安静的灯光。

我的年纪越大，爸妈要押着我练琴越不容易，我大概把所有提前报到的青春期叛逆，都用在反抗练琴这件事。抗争最激烈的时候，我甚至天天想，该在钢琴的什么位置放一把火，才能在火焰被发现以前，烧掉最多部分。我的钢琴最终没有学出什么成绩来，但是如今却非常庆幸爸妈曾经做过那样一个梦，我在那几年，才有机会能够每周把爸爸或妈妈从阿公身边借出来，自己独享一个下午，像母女那样在街头合吃一碗面，像父女那样在客运上玩一场拐团仔的骗局。因为和这些奢侈的时刻绑在一起,那些有点痛苦的钢琴课记忆,似乎也愉快了起来。

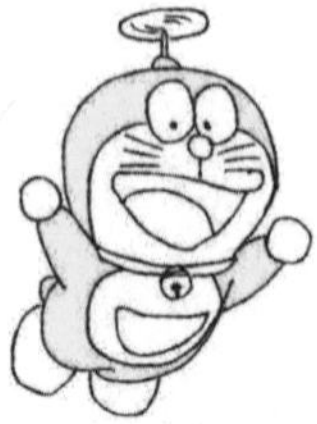

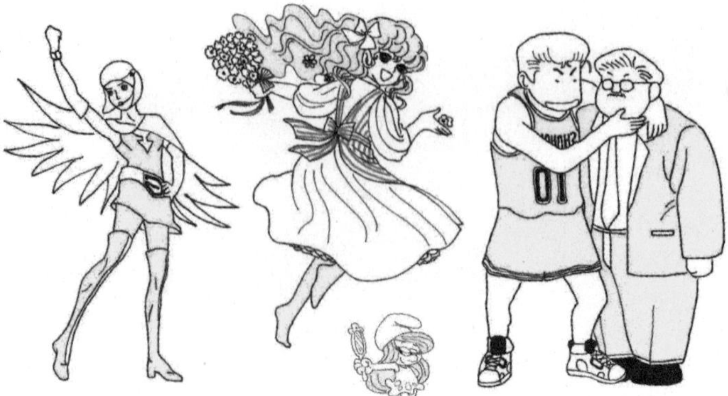

T6 ↳ Lesson 4

亮起来的房间

逢年过节和寒暑假特别令人期待，因为叔伯姑姑们会带着小孩回老家来，餐桌上会多出好吃的菜，堂表兄弟姐妹也会与我分享他们的旅行零食，平常被规定得死死的作息，因为家里有其他人出现，难免受到影响，可以堂而皇之地晚睡看电视，做了什么坏事，爸爸妈妈也会因为牵涉到别人的小孩，罚得轻一些。不过，最让我感觉松一口气的是，平常那些黑暗的房间终于可以亮起来。

老家有许多房间，阿公盖房子的时候，分配了许多生活空间给各个子女，大家一路各自成家，往外发展以后，空房间渐渐多了起来。好处是躲大人的时候很方便，一楼二楼上下前后都有地方可以躲；坏处是，到了晚上，暗的地方永远比亮的地方多。大人为了省电，不许我四处开灯，我只好在脑袋里想象自己拥有各种防御魔鬼的绝技，才有勇气独自走进陷入黑暗里的二楼房间，去做功课，并且入睡。

有人能一起来点亮二楼的灯真是太好了，老房子平常无精打采，终于能盼到几天灯火通明的日子，连空气也振奋起来。阿公和阿嬷当然开心，会特别上二楼来看看棉被够不够盖，需不需要多搬一台电扇，要不要点蚊香。尤其是阿嬷，我感觉得到她的快乐。

年纪还小不必负担工作责任的我，和年纪大了可以随意翘班的阿嬷，共享的日常比任何家庭成员都多。每一天，我听她抱怨姑姑的婆家不够慷慨，担忧大伯的营收，苦恼该怎么安排叔叔的人生。她烦恼，我也忧愁；她愤怒，我也不平。所以当她的脸忽然明亮光彩、步伐特别有劲的时候，我便知道她所挂念的子女们回家来,令她异于平常地快乐,就好像脚踏车的轮胎,平常跑起来稳稳当当的,也没什么不妥,但是忽然充饱气的那一阵,转动起来特别有气势。

每一次假期结束,大家各自回到自己的城市,老家恢复原来的平静,我和阿嬷又成为彼此相伴的老搭档。后院晒着客用棉被和枕头,等着烈日消毒过后要收回被橱。被橱就在二楼那些难得点灯的房间,晒好的棉被混杂着旧棉絮和阳光的气味,对折再三折,一床一床叠进橱底,被单上张牙舞爪的红艳花朵,被收服在方形长条里,一款压着一款,最后放上绣有鸳鸯水鸭滚着荷叶边的枕头,阖上柜门,继续用霉味收藏心底的盼望。

我曾经以为,阿嬷的盼望也是我的盼望。她盼望家人回到身边,有人陪她说体己话垃圾话,而我盼望的是新鲜的生命力。这两件事往往同时发生,让我误以为是同一件,以为为她带来快乐的家人,也是为我带来快乐的家人。相聚太美好,便显得平日的生活像是次要的、无聊的、暂时的等待。我和阿嬷一起期待着团聚的美好,盼望等待能够赶快过去,却没有意识到,自己就是平日生活的一部分。

表弟们和弟弟都长到可以追逐争吵的岁数以后,玩在一起难免有事端。有一次,我眼看阿嬷对于顽皮闹事的表弟没有意见,却对同样顽皮闹事的弟弟予以责怪,觉得很不公平,于是开口问她为什么。阿嬷破口大骂,说我大汉了(长大了),敢黑白讲话了,居然指责她。阿嬷的怒气令我手足无措,但是我瞥见避开阿嬷视角站在厨房的妈妈,脸上的表情很微妙,像笑又不是笑。这才意外地发现,妈妈其实偷偷在同意我做了这样违逆长上的事,原来我为弟弟出了一口气,也同时为妈妈顺了一口气。我自此开始意识到,我和阿嬷一起盼望着的"家人",其实是我的"亲戚",除了阿公阿嬷之外,安静的爸爸妈妈和需要保护的弟弟,才是我的"家人"。

阿嬷生我的气生了很久,大概是第一次有人敢这

从钻得进去,到钻不进去;

从很好玩,到很惆怅;

女孩长大一点点。

样挑战她的权威，爸爸不得不出面处罚我，罪名是没大没小。但事实上，当时已经没有任何人任何事可以阻止我，挟着他们惯出来的长孙女的骄气，乘着青春期的敏感，开始怀疑这个家庭试图植入到我身上的家庭观。一直以来，阿公和阿嬷都物以稀为贵地抱持着"人以罕见为亲厚"的态度，虽然我因为机灵又狗腿，向来都在他们亲厚的圈圈里，但是忽然明白自己的父母是亲厚圈外的无声人，令我非常不安。

深厚的感情基础让我和阿嬷终究恢复良好的祖孙关系，心里即使明白对方的爱在某些方面会有界限，并不妨碍彼此在其他方面互相付出。家人之间的爱没办法非黑即白，相互依存就是同时损耗又修补着。我仍然是最懂她腰酸腿痛的人，她也还是我闪避父母威权时的避风港，我们仍旧一起翻着月历，期待假期和年节的团聚。只是她抱着一样的盼望往老里活，而我逐年地验证，她的失望来自于把亲厚寄望在长距离之外。令她感到满足的家族团聚越来越短，次数越来越少，直到她离世。多年以后，我为她感慨没有更珍惜身边的人，让身边的人感到安慰，并且让自己活在更容易获得的满足里，直到来不及。

人世原来是重逢的少，别离的多。

只有保存，没有期限

日本的婶婆有时候会寄咸鱼来。婶婆是叔公的太太，叔公十几岁的时候离家，偷跑到东京去，变成日本人，阿公后来花了很大的力气辗转查到这个弟弟的住址，双方才恢复联络，不过，做礼数这件事向来还是婶婆比叔公来得上心。

每年寄来的都是红鲢鱼，现在"国语"说鲑鱼。盐渍过的整条鲑鱼，用塑胶袋裹着，再套着一个合身的瓦楞纸盒。走海运，寄达的时候外盒都已经被里面破漏的汤汁浸烂，透出令人难以忽视的咸鱼味道。

收到包裹以后，阿嬷会立即拿进后面，就地把包装拆开，拿来菜刀和砧板，把鱼分切成三类：鱼头、鱼尾，和一圈一圈的鱼身体。平常时候是该妈妈做这些处理食材的杂事，但是每一次的鲑鱼包裹都让阿嬷很兴奋，所以就自己来。我很害怕咸鱼的味道，从来只愿意站得远远看，顶多帮忙到前面店口拿来干净塑胶袋，让她分装。装好袋子的咸鱼冰进冷冻库以后，在大人的心目中就进入永鲜的状态，用盐腌渍过的鱼，再加上冰冻，简直可以放到世界末日。

接着就是永远吃不完的咸鱼料理。花样不多，鱼头和鱼尾泡过清水去除咸味以后，要不煮汤，要不煮面线；一圈一圈的鱼身体吃最久，煎得油赤油赤配粥配饭吃。阿公阿嬷都喜欢煎咸鱼的味道，吃早粥也配，吃午餐晚餐的白饭也配。说"配"，不如说"沾"，先扒一口饭，再用筷尖在咸鱼上轻轻剥下指甲似的一小片肉，放到嘴里一起嚼，因为很咸，再多也不好吃。只是这种消耗速度非常缓慢，六口之家对付一圈咸鲑鱼竟然可以吃上五六天，令我非常厌烦。一开始咸鱼

未坏

盐糖渍物 豉的未坏

剩菜剩饭 有腾过未坏

酱料罐头 没沾到水未坏

万恶坏源 咀澜沾到什么都会坏

终极保障 冰呖（永远）未坏

自己有一个盘子躺，翻过几餐体积变小以后，就开始寄生在新煎上桌的别鱼盘子里，到宿主都被吃完了，寄生咸鱼还剩下卤蛋似的一块，再出场的新鱼要是红烧，汤汤水水的没得让人寄宿，咸鱼残部就会另外获得一个酱油碟子独居，在桌上塞过来推过去也要好几餐，才能终于吃完。

每一次能够从咸鲑鱼食程毕业，我都大大松一口气。餐桌上除了咸鱼，当然也有别的长命小菜，豆腐乳、荫瓜子、树子、腌萝卜轮番上阵，早上挖一点出来配粥没吃完，中午摆着继续吃；中午没人碰，晚上继续摆；今天剩下来，明天再端上桌。小菜摆到晚餐，在干燥的南部气候底下，样子和一早刚刚挖出罐子的水嫩非常不同，吃剩的部分丧失掉表面水分，饭扒着扒着又会忽然沾一点去吃。吃饱饭收碗的时候，我常常忍不住顺手拿起只剩下黄豆大小腐乳的小碟子，问大人是不是可以不要了，大人往往会说还可以吃，让我放回去，谁知道隔天的早粥，竟然就会有人在干瘪的腐乳丁旁边，再补上一块新的腐乳，那碟子又要再等好几餐才能洗！我长大一点以后就不问了，趁着大人留我自己收碗筷，静静地把看烦了的小碟拿去冲掉洗干净，偶尔东窗事发，大人通常只是骂一句"无采人的物"，说我浪费。

但是咸鲑鱼没办法，是过咸水来的，很珍贵，剩下再小块大人也会盯着，我不敢丢，只能一餐餐巴望它早日消失。咸鲑鱼退席之后的几餐，吃饭的兴致特别好，觉得餐桌上的气象完全不同，其他的菜就算吃了几餐，也觉得反正不会像咸鱼那样难以摆脱。这样的好光景大约能持续大半个月，直到大人又想起咸鱼的好滋味为止。一年也就十二个月，算来算去，要吃光一条咸鲑鱼几乎需要整年的时间，越懂事以后，收到鲑鱼包裹越感到忧虑。

大人们为了不犯下"讨债"的恶行，会用各种理由阻止我倒掉隔餐的食物。法庭上的被告在没有定罪以前，会以无罪推定为原则来对待，我们家的食物，在真的坏掉以前，也享有极度从宽认定的"没有坏推定原则"，妈妈和阿嬷很有自信，阿公和爸爸也全心相信厨房里的她们妥善遵循先人保存食物智慧所经手的菜肴——

　　不。

　　会。

　　坏。

菜瓜太冷

略懂一点食疗概念的人，在餐桌上很难不带着分别心看待食物。

夏天的时候，家里常常喝空心菜汤和豆仔薯汤。热锅爆香蒜瓣，把空心菜和水一起放进去煮开，就是空心菜汤，豆仔薯切丝煮蛋花汤，这两种汤放凉以后更好喝，爸爸在前面店口忙完，进到饭厅来吃午餐，喝到一碗打凉的菜汤，会发出满足的喟叹："心凉脾土开——"心情大好，胃口大开。

空心菜和豆仔薯都是属性寒凉的蔬菜，夏天吃特别消暑。餐桌上有人盛汤的时候，要不本人，要不就是鸡婆的旁观者，会加注一句口白："这尚退火！"我从小就喜欢吃各种香酥的食物，在家里属于肝火旺湿毒盛的一派，一天到晚"嘴破""便秘""生粒仔"，大人在我吃饭的时候，会交代我不准再吃芒果，要多喝一碗菜汤。

但也不是所有寒凉的食物都备受肯定，我从小就觉得菜瓜是一种地位暧昧的蔬菜。菜瓜很容易种，乡下四处可见民宅边上种着菜瓜，只要有块畸零的小地，随便搭个棚架，藤蔓攀上去以后，就会不停繁殖蔓延增生出菜瓜来，风雨天菜价上扬的时候，有菜瓜就不怕上市场让人抢钱。菜瓜必须趁嫩采收，万一迟几天就会老化变成菜瓜布，所以种菜瓜的人也有产销压力，今天吃一条，明天吃一条，后天不想吃就拿去拜托厝边隔壁吃，我怀疑根本整个农村在菜瓜的产期里，家家户户都有消化菜瓜的压力。我问过妈妈为什么村里大家不说好，各自在后院种不同的蔬菜，要不然我送你菜瓜，你又送我菜瓜，菜瓜还是吃不完，大家何苦来哉？妈妈一脸乐天知命，说大家当然都种了各种菜，但是，"菜瓜大出，没法度啦！"

菜瓜最简单的煮法是清炒或煮汤，但是再怎么鲜美的菜瓜，吃多了也会变成修善业的道场，单纯是为了不想浪费菜瓜被雷公打而吃。有人实在不想碰菜瓜的时候，会撇撇嘴说："我这两天心脏无力，这太冷，我未冻呷。"那个"冷"说的不是温度，而是说食物属性很"寒"的意思。寒凉的食物如果讨人喜欢，就是退火；不讨人喜欢，就是太冷。煮菜的人有时候为了把菜瓜暗度陈仓上餐桌，只好变化菜色，切细碎一点炒米粉，或煮咸粥，大家看在有肉丝有虾米的分上，稀里呼噜吃掉就不会太计较。

相对于菜瓜的太冷惹人烦，炸豆皮和油豆腐就是我们家"太上火"却人人爱的光荣代表。因为阿公爱吃肉，餐桌上常备着一锅卤肉，基本内容是三层肉和卤蛋，但是一有亲友来访，或是阿嬷忽然嘴馋的时候，就会加上炸豆皮和油豆腐，甚至贡丸，卤一大桶豪华版的。几个和我一样肝火旺盛派的孙辈，最爱吃这锅，我们满心欢喜地夹着夹着，总会引起冷静派的不安，叮上一句："这足宠火（容易上火）哦！"但是眼看着我们想吃的脸，他们很快又会补一句："啊，爱呷呷啦！卡停去店口吃一包退火就好。"了解食物属性不代表就会乖乖顺天而为，反正家里自己开药铺，我们不任性还有谁能任性。

这种餐桌延伸出来的吃药行为，除了事后补救，还可以用在事前预防。曾祖父传下来一服药方，叫"消化散"，消腻化滞非常有效，我已经不记得是谁带头，让我们在除夕围炉之前，先吃一包消化散，排除吃了一整个下午点心的饱食感，好在晚餐时还能尽兴大吃。妈妈和阿公可能是家里最严肃正经的两个人，也是我印象中唯二没有干过这种蠢事的人，但即便如此，他们也没有阻止过我们偶一为之的纵情大吃，乡

属性标签范例

使用得宜就是挑食好理由

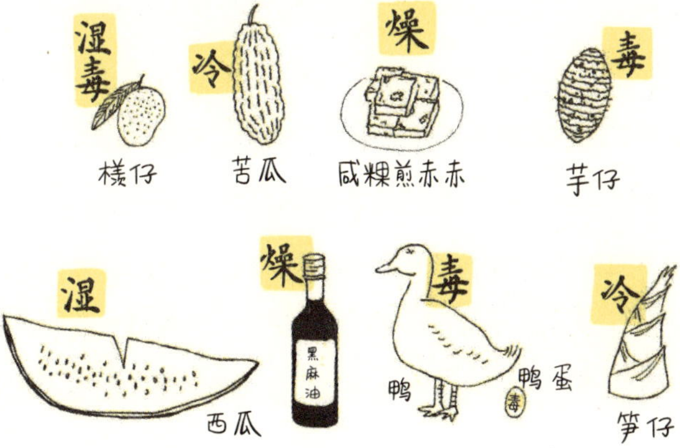

湿毒 橘仔

冷 苦瓜

燥 咸粿煎赤赤

毒 芋仔

湿 西瓜

燥 黑麻油

毒 鸭、鸭蛋

冷 笋仔

下的生活实在太规律平淡,偶尔有点疯狂行径让每个人都很兴奋。我离家之后无论住在哪里,都要备着一罐消化散才觉得安心,好像只要有它在,就拥有一张暴食专属的免死金牌。

最常嘴里还吃着饭,心里就筹谋着晚一点该吃什么药的人,是阿嬷。大家吃得好好的,阿嬷却会忽然长叹一声,说一句"我拢无放屎"之类的症状描述。我长到很大才知道,其实别人家吃饭不会在餐桌上讲大便的事,唯独我们家的阿嬷,很善于把握吃饭时间,大家都在的时候,让大家集思广益她应该吃什么药。既然开了头,就干脆问诊了:"几日没放?""嘴咁会苦?""咁好睡?""你咁是有偷吃啥?"阿嬷很爱吃,明知道自己是容易上火的体质,偏偏老是无法抗拒燥热的点心,回答前面几题的时候,还会摆出委屈的姿态,说"昨日有放,足歹放",或是"咀足苦,苦墘墘",但是针对有没有偷吃零食点心这一题,则取决于她的症状严重度,要到真的很难受,才会腼腆承认自己出去吃了一碗炖羊肉。

从小在这样的餐桌吃饭，毫无选择地被制约上一副有色眼镜，看见食物就想起它的属性标签，即使不想成为一个处处计较燥热或寒凉的怕死人士，但是对于食物的分别心已经没有办法消除，我只能尽量提醒自己闭上嘴巴，不要啰唆到别人了。

钱是省出来的

阿公裤袋里永远带着手帕,滴落身上的汤汁,或是我的鼻涕,都拿他的手帕出来抹。男人用的手帕比女人的宽幅,花色是四平八稳的墨绿格子或赭色线条,纯棉的手帕洗久了会长出一层微细的绒毛,摸起来特别柔软,有安慰的触感。手帕擦过我鼻子的时候,有钱的味道,因为阿公的手帕和钞票贴在一起,放在同一个裤袋。我的抵抗力向来很好,或许和这个有点关系。

带手帕可以省掉很多卫生纸,卫生纸是消耗品,但凡要花钱买的东西,都要尽量省着用。阿公自己用来洗脸的毛巾，常常到最后只剩下不甚规则的一片虚布，四周围都烂光，毛巾的纤维也脱到所剩无几，随便一扯就掉下来一大片，要到这样山穷水尽的状态，阿公才会开一条新的毛巾。

浴室里的其他用品自然是比照办理，还能够应付着用的东西，就是还能用。附近有个糖厂，阿公总是在糖厂的福利社买肥皂，好像是价格便宜一点，每次都买整盒，而且每次都是蜂蜜黑砂糖香皂。以阿公的经济算计来说，这大概就是用低价整批购入好东西，可以安心用很久的意思，十年都用同一款肥皂有什么关系，不过是用来应付清洁。但我腻在阿嬷身边，在她衣柜的各个角落，早就见识过各种不同的香皂，盒子上有维纳斯女神的弯弯浴皂，包装上面都是英文字的英国皇室香皂，还有藏在抽屉最深处的佳美香皂，全都看起来比黑噜噜的黑砂糖香皂高明。其中我最爱佳美，香气高雅得像是公主专用，我曾多次央求阿嬷让我开来用都不成，只好时不时翻开她衣橱来闻，一边陶醉在贵族的香气里，一边觉得浴室里的黑砂糖香皂土里土气，却又不敢对阿公说什么。

不是消耗品的东西，也要尽量延长使用寿命。我没见过阿公买新裤子，他好像一直反复穿着从前买的裤子，如果胖了或瘦了，就交代阿嬷或妈妈，帮他改裤头，改紧一点或是放松一点；裤脚磨损了，膝头钩破了，就拿块废布从里面车上。大人是这样克己俭省，小孩自然很少有买新衣服的机会，尽管排行老大，我没有太多新衣服穿，因为堂表兄姐们多的是旧衣服，小孩子长得快，衣服没几年就穿不下了，捡旧的将就穿才是务实的做法，务实到连我和表姐去当花童的时候，居然给我们买了一人一条红短裤，好让我们各自的弟弟过几年还能穿。当时妈妈和姑姑两个人，做出这个让花童穿短裤的决定，自认英明的意气风发，相较于我和表姐盼不到一条蕾丝裙可以穿的黯淡心情，是难忘的对比。

能用的东西如果坏了，要尽一切可能去修复。爸爸自己用来炒药材的那把锅铲，木柄烂光了以后，用竹片和铁丝捆上，又炒了不知几年。想让这样的大人买东西给我，是非常困难的事。我很容易穿坏"苏哩吧"（Slippers），鞋底从前面脱落下来，俗称"开口笑"。大人经常叮咛我，"苏哩吧"泡水容易坏，但是夏天趁着四下无人，把脚伸到水龙头下冲冷水，是一旦试过就不可能戒除的享受。"苏哩吧"第一次开口笑的时候，我兴奋万分，以为可以买新鞋，但是大人只是到对面文具店买了一条强力胶，帮我把鞋底黏回去，压在专门用来锤当归的巨型柴砧底下，隔天胶全干了，就能再穿几个月。上学以后，甚至连运动鞋也比照办理，我的鞋底和鞋面交界处，常常围着一圈黄胶，在学校里好生自卑，向妈妈诉苦还会被念："谁叫你鲁蹦脚（笨手笨脚）。"一条强力胶只要十块钱，可以拯救三四次开口笑，我领悟到摆脱旧鞋的唯一办法，只有等到自己穿不下。"长大"能够为我带来物质上的附加奖赏，于是成为我坚定的目标。

几年前市面上开始流行三层卫生纸，很软很

老丛龙眼干之用：
一. 锤当归
二. 黏鞋底

舒服，价格也不比原来两层的贵上太多，不是我难以负担的物质享受。卫生纸从平板升级到抽取式的时候，我过渡得很顺利，本来就觉得用两张包鼻涕才不沾手，但是当我随着潮流，想要开始用三层卫生纸，却发现没办法。用三层卫生纸的时候，我常感觉到自己的眼睛也叠着阿公的眼睛，看一张柔软洁白的棉纸，抽出来抹过嘴就报废了，"有够无采（可惜）"。本来一小片卫生纸可以做到的事，因为贪图片刻的柔软触感，就得花三倍的纸浆去做，"我需要这样吗？我不需要"。家人的节俭习惯，把我制约成偶尔与同侪脱节的人，虽然我的节俭标准相较于家人，已经是刻意迎合都会生活的改良版本，但是每当我在物质享受上，察觉脑中有"道德上限"的时候，都能感觉到远处的他们活在我的身体里。

大概是这个原因，我并不讨厌那个偶尔不合时宜的自己。

爱拚才会赢

务农的钊仔是家里的老朋友，来看膝盖痛。爸爸劝她别太劳动，让关节可以多休息。钊仔说，就还能做啊，如果已经做不了，那就没办法，既然还能做，看到树顶上那几颗结得那么美，能不爬上去包袋子吗？要放那里给鸟仔吃吗？她很有气势，诘问爸爸："你讲啦，若是你，你咁有法度当作没看到？"爸爸给了一个滑溜的总结，叫她"爱做去做"，脸上的幸灾乐祸大概有一半是嘲弄自己。

事实的确是，只要手脚还算利索，爬上树顶去包果子的人才叫肯打拚，才是有资格成功的人。社会气氛像是那句"爱拚才会赢"，每个人都在玩"九十九分的努力"集点活动，因为不知道"一分的幸运"究竟会不会发生，只好超额储蓄点数备用，才能在万一幸运没发生，多余的努力点数也补不出成功的时候，名正言顺发一场针对老天爷的脾气。像这样勉励自己勤奋苦干的理由有很多，允许停下来休息的正当性却很少，少到好像只有一个，那就是生病。

生病，就可以达到大家挂在嘴上那个"没办法做"的门槛，可以暂停努力。像是一种"我不是偷懒喔，而是受到实际的生理限制没办法再做"这样的不得已，好让罪恶感的长鞭不会挥到背上来。可以在床上躺个大半天，吃自己合胃口的食物，把珍贵的体力先用在有兴趣的事情上面。尽管有病痛，但是忽然可以合情合理地放松和任性，好像人生苦行课的下课十分钟，是一种"痛并快乐着"的诡异交错。

是人都必须努力。我作为小孩,分内的努力项目是"乖"和"读书"。从寄居到姑姑家去读明星初中开始,环境与课程都和过去不一样,努力的难度提升了几个档次,所幸人的潜力都是原厂内建,调整一下也能跟上速度。三年以后,我如愿考进再也不用读数学理化的学校,搬进学校宿舍,准备好练习另一种努力,学着去做一个独立自主的成人。意外的是开学没多久,我得了差一点恶化成腹膜炎的盲肠炎,紧急开刀以后在医院住了几天。

小孩开刀住院,终究是优先于赚钱的严重事件,妈妈放下家里的工作到医院来照顾我,我们一起喝鱼汤,一起睡觉。偶尔夜里迷迷糊糊知道护士进来量体温,会听见妈妈说谢谢,她肯定是为了照看我,自己睡得很浅,知道有人照看,我睡得更安稳。有一天早上,我告诉妈妈因为医院的床很难睡,我睡到腰酸背痛,居然做了一个梦,梦见自己就是豌豆上的公主,妈妈不知道谁是豌豆上的公主,但是看到我精神和体力都恢复得很好,笑得很开心。

爸爸开车来接我们回家，他们办理出院的时候，我到隔壁书局去闲逛，翻到一本萧言中画的《童话短路》，喜欢得不得了，回去拉着妈妈到书局买给我。回家路上，我横躺在后座看漫画，看到开心的地方，一边笑，一边把脚举到窗边哼歌，爸爸笑我："咁哪团仔"。我不好意思地放低显然过长的腿，想起我已经几乎成人的事实。

我的确没有料到，自己乖乖长了十六年，心理都预备好要当个负起更多责任的大人的时候，居然会有这样两天，变成被父母捧在手心的小孩，一张开眼睛身边就有妈妈，不需要照顾自己好让他们放心打理店里的生意，整天躺在病床上看电视，也没人追问我学校的功课要怎么跟上，我放的屁是全家人最关心的一个屁，我的伤口是全世界最应该完美缝合的伤口。不只我觉得幸福，爸爸妈妈难得有正当理由可以从药铺里抽身，专心做回父亲和母亲，似乎也有一种轻松，老是被我欺负的弟弟，来医院看我的时候居然不计前嫌地红了眼眶。谁知道盲肠炎会是这样美好的一件事,相较之下,伤口的疼痛似乎只是非常便宜的代价。

尽管只是短短几天,体验过这种意外的"下课十分钟"以后,我仿佛进入一个神秘社团,知道肯定有一群人,也和我一样曾经在心底为生病欢呼过,没有张扬,尽情享受那几天不需要努力的精神自由,不勉强自己坚强,不假扮成熟懂事。这个秘密结社或许是全世界最松散飘忽的一个,没有人会承认自己的会员资格,团员老死不曾相认。说出"拿一点健康去换几天努力豁免权还不错"的话,实在太蠢,谁都知道病到后来就没有回头路。往上看爸爸妈妈以前的世代,值得拿来换健康的只有钱;而往下看我以后的世代,没有任何事情值得拿健康来换。若是遇见身边有这样一个秘密会员,生活对他来说是一场"赢不赢都要拚",那么偶尔看见他终于病来休息一阵,能够安心放下努力的桎梏,纵情于平日难得募集的温言软语,知情不认或许是最适切的温柔。

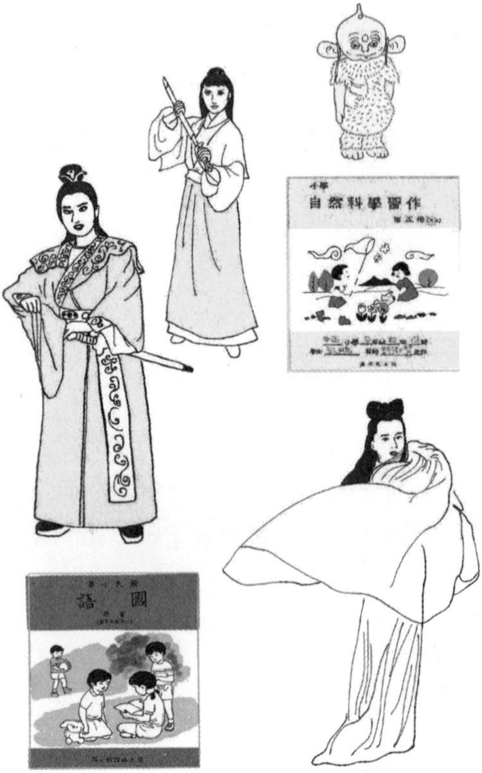

P6 & Lesson 5

窗台上的花布帘

我小时候,窗帘不是每户人家都有的东西,那种有固定横杆,有挂钩,布面有规律重复的抓褶,在底部车一段反折作为垂坠重量那种典型的窗帘,在外公家、同学小稚家,和妈妈那个生了乳癌的好朋友家里都没有。他们在窗户顶上牵一条铁丝,拿一片畸零的花布,或穿洞,或用衣夹固定上去,家里有针车的也许车上布边,无所谓的人就随它毛,乍看起来好像只是临时用来应付一下午西晒,但其实在花布晒脆了以前,那就是数年不变的日常配备。

能稍微挡得住日晒的花布，不会是淡雅的浅色，阳光照进来的时候，穿过花布，把房间映成赭红或橘黄，布面上的大花小花，随着风吹的韵律，一下一下打出飘动的淡影，有时候正巧就落在人的脸上。在这样的屋子里，常常听到大人谈钱的事情。这一批猪亏了多少，他爸爸这个月又没有寄钱回来给阿嬷，她现在打那种针一支要几千块，他怕学费贵宁愿读附近的普通学校，讲这些话的人脸上没有明显的表情，只有碎花的淡影浮动。我年纪越大越害怕这样的房间，被花布染成红色的屋子里面，空气特别凝滞，却又不知道到底可以多大声喘气。一旦感受过穷的气氛，就连不穷的人也会怕穷。

我把窗帘当成一条贫穷基准线，没有正常窗帘的人，就是比我们穷的人。爸爸妈妈和阿公张着眼睛的时候都在工作，生怕花钱，我想我们大概只是站在比贫穷基准线高一点点的位置，一有闪失，就会落到基准线以下，从不穷的人变成真的穷人。为了怕赚得不够多不够快，我们必须节俭，学习勤劳囤积的蚂蚁，把钱一点一滴存进邮局和农会。表面上看起来，我们明明是可以时不时出门小旅行、每逢好日子可以上馆子吃大餐的富裕人家，实际上这些却很少发生，家里的窗帘已经残旧，只能从质料和做工看出它们在我出生以前，曾经和老屋一起有过某种荣光。那些存进账户里的钱，并没有好端端地躺在金库里，而是从一个暗黑的破口，一去不回头地流向远方的深渊。当时只有大人们知道破口的存在，但那也仅仅保全了我和弟弟"不知情"的事实而已，伴随破口而来的焦虑，其实一直蔓延在全家共存的空气里。穷是一种困顿，"觉得穷"是另外一种。

我有一个音乐盒，是仿真古董钢琴的形状，只是琴身破了一个洞，发条也不肯自转，要耐着性子扭才能听完一首舒曼的《梦幻曲》，大概就是因为故障，才会不知被哪个亲戚遗落在老家，变成我少有的玩具。家里种水果的小如上门来玩的时候，对我说非常羡慕我家这样有钱，能有如此精美的东西。她声音里的酸意我很熟悉，一时间不知道如何解释，那个音乐盒虽然是我的，但其实不是我的。在比自己匮乏的人面前，不能说自己的匮乏，很显然她的不满足比我更多，她的家人可能比我的家人更辛苦。

每年中秋节前后，一定有同学带着彩色塑胶须来献宝，那些是本来塞在盒子里面垫月饼的，放进塑胶铅笔盒底层，铅笔垫在上面看起来变得很梦幻，打开来还有淡淡的香味。只要能够在那几天拿得出彩须，就是班上的上流社会，要是有人将整个月饼空盒带来，就变成最威风的大富豪，很多同学会好声好气地拜托他分一撮须须给自己，像我。我试过分头向妈妈和阿嬷要求买一小盒月饼回家过中秋，两个女人居然套好招似的，给我同一个答案："无采钱"。

四年级的时候，班上转来一个新同学小奇，她的爸爸被调来附近的糖厂工作，全家一起从城里搬过来。她的制服永远白净，每天带齐手帕卫生纸，他们住在糖厂的宿舍里，进门要脱鞋，小奇的妈妈不用上班，和她一样只会说"国语"，讲话很温柔，我去玩的时候，会像《樱桃小丸子》里面的小玉妈妈那样，打开冰箱倒饮料给我喝。小奇家的窗帘也是旧的，家具很简朴，只有一台电视，而且比我家的小。我怎么看都觉得小奇家似乎并不比我家富裕，但是她从来不像我，会羡慕班长常常有新的发圈，关心哪个同学新买了自动铅笔盒。在她面前我常常自惭形秽，懊悔自己的穷酸相，却又情不自禁地想要亲近她，到她家玩。

我很久很久以后的这几年才明白，小奇吸引我的原因，是她不觉得自己穷。不觉得穷，才能有生活的余裕。我在乡下过了那么多年，直到她转来，才见识到有这样和我们不同的人。当然，这和当时的政经背景有关，从容安心的父母，比较容易生养出从容安心的孩子。

觉得穷的人，因为知道自己有缺，对于身边的一切，往往不太计较差那么一点，只想要什么都能便宜一些，最终让自己也便宜起来。多放几本书就塌陷的三合板书柜，廉价却成分可疑的食物，铁皮搭建的住家，除了稳定薄薪以外乏善可陈的工作，咬着牙才能继续下去的婚姻,衰到别人还好没有衰到自己的政府疏失,缺漏太普遍,于是变成寻常,理智薄弱的话,甚至会觉得过着安生日子用稳当东西的人,看来奢侈得叫人憎怨。为了怕更穷,所以紧抱着骨子里的穷,且战且走地应付日子,像窗户上面用铁丝挂着的花布,把一切明亮映射成各种色阶的红,一张眼就觉得困顿,却看不见是为什么。

忽然领悟自己和身边许多人,原来都活得像那片花布窗帘的时候,曾经难免心酸愤慨,怪当局怪家怪自己,但是想想小奇,又觉得菩提本无树,费一点时间,扯下花布,装一套认真的窗帘不就好了。

药油保心安

我常和阿嬷一起睡,因为她房里有台小电视,放在床尾的五斗柜上,可以躺着看。爸爸妈妈并不鼓励我当电视儿童,但是阿嬷喜欢在有人声的环境里睡觉,成了我的免死金牌。我点着白晃晃的日光灯,躺在她身边看电视上刘德凯爱不到方芳芳、刘雪华爱不到秦汉的时候,她很快就能睡到噗气,嘴巴一噗一噗地吹气就是她的打呼,这辈子我只看过她和她的大女儿会打这种怪呼。

睡到剧终,我关掉电视,熄掉大灯,她反而醒过来,说睡不着。阿嬷一旦睡不着就躺不住,很爱扭腰扭臀地拉筋。我们嘴上在闲聊村里谁的儿子找到什么肥缺油洗洗(获利多)、谁其实是分来的女儿的时候,她的下半身往往是举在空中的,空气脚踏车她可以踩个几百下。老人特别喜欢吹嘘自己手脚灵活,我从小学三年级开始就是白胖的身形,阿嬷每次炫耀自己的身手时,老爱拿我和妈妈略胖的体形来比较,说她们那种"瘦的卡活骨",我们这种"大抠的卡笨",让我记恨很久。

阿嬷着迷于东扭西扭的真正原因,是筋骨酸,这样胡拉乱扭,偶尔能扯到一两条酸苦的肌肉,有那么点安慰作用。酸到不行时,就叫我帮她上药。她的床头有各种药油和贴布,各有各的效用。贴撒隆巴斯是酸痛的第一线治疗,偶尔她也贴正光金丝膏和德国辣椒膏。人最方便自己贴药布的部位,是四肢和肩颈,但是老人筋骨最需要安慰的位置,偏偏都在最难扭腰抬手摸得到的后背。

阿嬷六十几的时候,贴布的落点位置第一名是"咖噌头",咖噌头的涵盖范围很广,后腰、右髋、左髋都是咖噌的头。我光听指令没办法确认位置,得先拿手按上去问对不对,才撕开贴布。万一贴错地方,撕起来再重贴,就粘不紧了,阿嬷为了不浪费贴布,还是会勉强贴着,睡醒以后贴布四角都卷起来,粘上细小棉絮,看起来灰灰脏脏,让阿嬷更显可怜,所以我向来非常慎重。只要贴对地方,第二回再贴就很方便,只要对准上一张贴布撕下来的残胶方框,就能准准地贴在同一个位置。

阿嬷七十几的时候,除了咖噌头,手和脚也开始作怪。脚是因为风湿,手则是受伤的后遗症,她为了摘树上的"品彭(凤眼果)",仗着自己身手利落,爬上二层楼高的树,摔下来碎了右手手腕。大家去医院看她时,堂哥说笑别人家的阿嬷都是走路跌倒,只有我们家的阿嬷是爬到树上摔下来,气得她连脏话都骂出来,骂归骂,这的确是她过去精神活泼的写照。开过刀以后,医院说是手术顺利可以回家,但自此以后就是经年累月的痛,元气和体魄损耗得很快,她百般不愿就范的"老",忽然铺天盖地就来了。

筋骨酸痛的时候,贴什么都只是心理安慰,反而药油或药洗的推揉,能在当下让阿嬷舒泰一点。阿嬷最常用的是香港的"保心安油",当年乡下很难买到舶来品,出国更是不容易,也不晓得是谁老这样半打整盒的买来给阿嬷,让她当普通酱油那样阔手地用,大症小症都拿来抹心安。我喉咙发炎作痛,她也叫我沾一点抹进嘴里,药油非常苦,但是其凉无比,的确缓到一阵疼痛。我这样不知历经几次喉咙痛,到中学时忽然起了疑惑,认真问她保心安油到底能不能吃,她一脸坚定地回答我"未使呷",我错愕极了,追究她当年为什么叫我抹喉咙,她居然说:"哪有?我没喔!"对于差点毒死我这马屁孙女一点惊恐也没有。

阿嬷腰痛的时候,会趴过去掀起衣服,叫我用保心安油帮她推,我坐上阿嬷屁股,用"加辣"的手势把药油洒在腰上,看着那片寻常无奇的背,可以想象

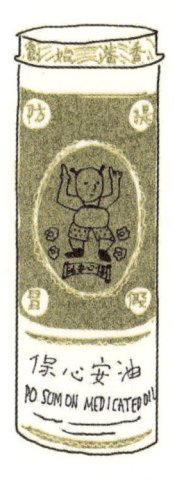

让阿嬷安心的保心安油

底下有肉有骨有血,却不知道所谓的酸痛会藏在哪里,只能遵循声控,她说推哪里我就推哪里,腰推够了换屁股,屁股推够了换腿。这个看不见摸不着的"酸痛",我要在听闻了它的名号许多年后,才真正感受到它的存在,同理到阿嬷那种恨不得把手伸进皮肉里面,狠狠掐住那道酸的心情。

跟阿嬷睡的坏处,就是会沾上她的药油味,也曾经有人给她介绍,说活络油和红花油更好,那种时候就好像我们两个一起换香水。活络油药味很重,红花油总算有点红花味,讨喜一点。我最怕的是国术馆的跌打药膏和药洗,家里虽然到处都是中药材,我还是没办法接受身上全是药膏味。帮阿嬷推药洗的机会不多,她多半是难过到不行,才会试试新花样,去找某某知名师傅捏一捏,拿点新药回来搽,老人的酸痛哪里是随便能够缓解的症状,这样说虽然有点无情,但幸好搽了一罐没效后,阿嬷就会算了。

相较于药洗,国术馆的膏药更叫我心烦,一块白棉布涂上椭圆形的黑色药膏，要用之前才把玻璃纸撕下来那种。冬天时，我和阿嬷合盖一条厚厚的红色绒毯，上面有凤凰的图案，那只凤凰时不时会沾上膏药的残余，像黑色的口香糖。这种膏药家里就有卖，阿公固定向一个国术馆大叔叫货，大叔送货来的时候，偶尔阿嬷会贪一点便宜，叫大叔顺便帮她推推手骨，推完了就贴一块膏药，味道很不得我的缘。睡得正香一手卷住毯子却摸到黏住的膏药，非常扫兴，洗也洗不掉，只能剪掉那撮绒毛，让凤凰秃一块。这种事原本应该可以拿来说嘴抱怨了，爱惜物资是美德嘛，老是这样摧残绒毯，但是看见阿嬷让膏药浸黑了的手腕，我便什么也说不出口了。

一辈子爱漂亮的女人愿意让自己的手骨日夜覆着黑臭的膏药，再怎么不懂酸痛滋味的我，也晓得必须敬畏那股无形的不可抗力，而敬畏的第一个表现，就是静默。

你为什么那么平静？

阿公过世，子女们回来奔丧的时候，伤心欲绝的二姑问我为什么那么平静。

这个问题我想了十几年。我在感受上的觉知的确比别人延迟一点，不算正常，即使如此，在阿公入塔，甚至对年之后，二姑预设的那份哀恸从来没有发生在我身上，我自己不是不觉得奇怪。想起这个男人曾经疼我爱我，浮现的是思念和感动，是绵长飘忽的感伤，却不是哀恸。

阿公早在过世之前很多年便已经开始离开我们。

阿公和阿嬷老年都坐在轮椅上，起居得靠看护，每天的午餐和晚餐时间，看护把阿公和阿嬷推来桌边，和大家一起围着吃饭。起初阿公还能自己进食，逐年丧失肌力以后，似乎连带没了食欲，吃得很少，也从不喊饿。不仅仅是不喊饿，连话也很少说，用汤匙喂他吃饭，他只是闭着眼睛嚼，吃累了就不再张口。那个时候起，我已经常常感觉不到阿公了，尽管明明就坐在他身边，和爸妈聊着他的事。

我喜欢故意叫他，摸他的脸，扳他手指，能让他张开眼睛看我一眼，就觉得他还在。那时我已经长大离家，在城里找到一份朝九晚五的工作，初尝经济独立的滋味，感到自主人生无限可能，弟弟或当兵或念书，爸爸妈妈再怎么尽心照顾二老，多数时间还是不得不打理生意，以确保收入来源，两位外籍看护，成为阿公和阿嬷最亲密的陪伴。从前是我和弟弟被期望能够自己乖乖长大，别太打扰大人的生活；后来是阿公阿嬷被期望能够稳稳活着，别太影响子孙的生活。生命的设计本身毫无恩慈，幼儿和老人需要的生活品质,绝大部分仰赖青壮阶层的照顾,这三种人各自的福祉,很多时候只能此消彼长,每个人的生活都重要,但是没有一个人的生活可以都如意,尤其在这个庸碌的时代。

阿公一向以"疼子"著称,我想象不出如果自己曾经是叱咤家族的大王、乡里间尊敬的长者、兴旺药铺的经营人、保护子女的自信父亲,将要怎么面对衰老到无法自理的生活。多话的阿嬷和历任看护成为知交,外籍看护顶替我从前的位置,和阿嬷一起唱歌看电视逛菜市场,密谋违规的下午茶。阿公没有,他变成一个毫无意见的老人,既无要求,对外界也没兴趣,只是换着地方打盹,偶尔发起烧来,也是安静无声。一开始我放假回老家的时候,阿公听到是我,还会主动张眼看看,渐渐地,连这种偶尔相"见"的机会也少了。阿公闭着他的眼睛过日子,没有交代任何人,他想去哪里,他去了哪里,厅里日复一日是他坐在轮椅上,支着扶手,撑着下巴打盹的身影。

据说，阿公主动张开眼睛最久的一次，是阿嬷出殡那一天。看护阿妮说，大家送灵车出门，家里只剩下阿公以后，他让阿妮推他出房门。到厅里，阿公张开眼睛看着阿嬷离开的方向许久，再抬头看墙上那张金婚的全家福长长的一眼，就又闭上了眼睛。听到这件事，让我庆幸阿公果然还在，尽管他已经再也不理人。

某个秋天傍晚，天特别清，夕阳暖得恰到好处，我把阿公从厅里推到后院，想要他享受一下金色的阳光。我坐到他身边，上上下下捏他的四肢，久不活动，只剩下骨头和一层皮了，但是手握起来还是暖的。头发是爸爸帮他噜的，三分阿兵哥头，一层软软的银白色头发，加上他常常穿的法兰绒格子衬衫，看起来像个文静男孩。阿公爱漂亮，小时候，我每天早上看他用扁梳沾一点发油，把头发梳得光亮有型，我很习惯在他身上闻到宾士发油味道，或偶尔升级一阵，用资生堂百朗士。坐轮椅以后，爸爸每天早晚帮他擦脸，好天气才洗澡擦澡,但阿公身上没有味道,连加龄臭也没,无臭无味,返还成无性的干净幼童。

太阳下山以后,秋风就凉了,我发现阿公流鼻涕的时候满心抱歉,连忙带他回屋里。帮他擦鼻涕的时候,他一样支着下巴,忽然抬起头端详我的脸,我对他说:"哎唷拍谢(对不起)啦,害你流鼻。"他听了只是静静看我,过不久又闭上眼睛。那是我和他最后一次祖孙相见,在那之后,直到他离去,中间那一段时间很模糊,人明明还在,却仿佛不在,让我说不上来过去了多久。

我出生在阿公和阿嬷人生最丰盛的时刻,我在学习拥抱生命华美的一路上,同时见证他们被迫逐一放下手上的人生资财,像是一边上小学,却又旁听着大学课程,那些我当下无法理解的知识,渗透到体内,变成一颗长效药锭,一时一时地让我领悟阿公阿嬷曾经有过的彷徨和感伤。我迈向每一个成长阶段的同时,他们也在滑向每一个老死阶段,同一件物事,以欢娱的面孔迎向我，用决绝的背影离开他们。

后来我明白，其中一种我小时候无法理解的东西，是寂寞。每个人面对生命的尽头，有他自己最终极最私密的寂寞。死亡对任何活人来说，从来不是一翻两瞪眼的已知，而是隐身在黝黯之中的未知，要独自走上这样一条陌生道路，没有人能不寂寞。即使有信仰，有心理预备，有旁人陪伴，那份寂寞一样挟带在血液当中，循环在七窍六腑。不得不拥抱这份寂寞，大概是我所见过，阿公和阿嬷的人生中最困难的一课。

我仍然说不清，在阿公和阿嬷离世的时刻，为什么我没有肝肠俱裂，痛苦到不能自已。看着他们走向死亡的时间那么长，我至今不知道在结束的那一刻，活着的人除了吸口气继续走眼前的路，还可以有什么模样。

叫阿姨

有一天在台南上完音乐课,妈妈告诉我回家之前要先去探病,忘了是她婚前的同事抑或远亲,总之是我从未见过听过的人。进到弥漫着药味的屋子里,我只看到一个虚弱的陌生女人靠在床头,她的房间很暗,是典型台式隔间,薄薄的三合板木墙,上方有雕花木头气窗,透进来客厅的光线,即使如此还是暗得不适合讲话。她让妈妈走到房间中央,去按那颗从日光灯管垂下来的蓝色开关,把灯点亮。

妈妈带我坐到椅子上,让我叫"阿姨"。我不喜欢那个房间，说不出的惨淡，尽管阿姨非常亲切，但是我感觉到她和我们是不一样的人，好像我和妈妈站在实地的这一边，而她在另一边浸着一圈灰黑的云雾。我抬头看妈妈，她的表情让我知道如果不叫，待会出去就有我好看的，相较之下，和黑雾里的陌生人打招呼似乎简单一点。叫出口以后反而轻松，阿姨给我很顺的台阶下，问我几岁、叫什么名字，赞我乖，之后我安静地坐在一旁，听她们聊我没听过的病情和人情，倒也忘记要害怕。

这是我"叫人"的进阶课程。熟络的人容易叫出口，陌生的人比较难，不想叫人的原因每次都不同，但是结局全是乖乖开口。除了大人们的坚持以外，妈妈那招先把称谓说出来，对我来说也减少很多难度，她说叫阿姨我就叫阿姨，她说叫老师我就叫老师，只要鹦鹉学舌几个字，就能把群众压力转开去。我再大一点学会当着长辈的面，傻笑问妈妈"啊欲叫啥"，让他们七嘴八舌去厘清彼此的亲缘关系，告诉我该叫妗婆

也只好说些

"筷子拿得愈好，愈容易抢到鱼眼睛"
这样没有痛痒的话了

叫叔公，大人兴奋讨论过一阵以后，便不太需要招呼小孩当暖场，我叫完人也就可以恢复自由。

到最后，不管遇到什么牛鬼蛇神都能彬彬有礼地先叫一声，功夫就算是练成了。不能说没有实质的好处，会叫人的小孩的确比较得人缘，无论是长辈平辈，看到来人落落大方的态度，通常也会端出自己最得体的样子来交陪，往后无论要亲密或疏离，总归能够留在友好的框架当中。大人面对人前扭捏的小孩，或许也能压着耐性赔笑一阵，但损耗的终究是孩子的长辈缘和家长的人情。"摆脸做自己"跟"好好叫人"之间，各有便宜可占，也有亏可吃，只是人在江湖，总会遇上不得不过的场，不能不赔的笑，小时候有练过，或许要比长大不得不练容易一些。

当然这不是家里的大人会对我说的道理，他们的种种调教，只是秉持着单一宗旨："惊呼人笑阮拢无咧教（怕让人家笑我们都没在教）"。上小学时，学校规定穿白布鞋，福利社卖的是最阳春的绑带帆布鞋，我穿半天鞋带就会松，两天鞋面就黑，非常苦恼，因为爸爸一直强调，他小时候穿的布鞋有多白，鞋带绑得多整齐，"无亲像你这款"，自己会被笑，连带家长也会因为我被笑。被笑，听起来有点严重，好像家里的门楣本来镶金框银似的，不能辱没。大人们很介意我有没有吃得走得说得"像"个"好人家"的女儿，我尽管从来看不清楚那块门楣的模样，但是既然阿公阿嬷爸爸妈妈都说国王穿着新衣，国王肯定穿着新衣。

虽然没有特别要去忤逆大人的意思，但是或许因为神经线还没长齐，我就是个鞋带怎么绑怎么掉、鞋子怎么穿怎么脏、衣服怎么穿怎么皱的小学生，不想，但是很难控制。隔两年市面上开始流行魔鬼毡运动鞋，委实解决我一桩麻烦，需要闪躲大人视线的事情可以删去一件。至于那条衣着干净整齐的神经线，要到我外宿读书才稍微长出来，每晚就寝前，把百褶裙铺在垫被下面压着睡，隔天早上褶痕就会漂亮得像烫过一样，要是我小学就能有这习惯，爸爸应该可以省掉很多看到女儿一身邋遢从学校走回来的懊恼。

有些学得容易，有些学得辛苦，在成年前后，我总算接近他们期待的"厝内有咧教"的模样。只是，离开学校，进到城市以后，我却慢慢发现世界不是那么一回事，不是来自上一个世纪农村药铺的大人以为的那么一回事——筷子不一定要像阿公教的那样拿，吃饭可以闲撑着左手，孩子可以做自己，衣服不流行穿得太"毕匝（整齐合度）"。没有人笑，没有人有闲工夫笑。有那么多人，而且是大多数人，都在所谓"无咧教"的范畴之外，各自活得忙忙碌碌康康泰泰，台湾的人们如今担心的是另一件事，当不当"好人家"固然重要，但是避免变成"穷人家"却令人伤感地必要。

偶尔在人海流动之间，我能察觉出那些扛着与我相似框架的同类，默视相认，但也只能得一个知情，潮流与时代正在改写"好家教"的定义，不仅有可循的脉络，还有堂皇的理由。从前爸爸妈妈能够充满自信地纠正我，我在他们那个世界哪里失了家教；但是在我所处的这个时空里,我知道自己继承的轮廓正在式微,越是为其中的差别感到惊异,越不敢作声。

不能适应文明演进,就是老去;比这个更悲伤的,大概就是一边抱怨下一代一边老去。

恁老母

阿嬷说背后话的时候，很少顾忌我"儿童不宜"的身份，房里面就我和她两个人，再要顾忌她就没得讲了，也可能是对着其他大人，反而有利益冲突，因此只能把话憋着说来给我听，那一天她遇见什么人，心上有什么事情。阿嬷挂心的事情起码有一半和子女相关，五个儿子女儿连同配偶前后加起来十一个，她只有在提到妈妈的时候，会以"恁老母"来陈述，聊表尊重，其他人都直接叫名字，好像关起门来，那些人都不是我的阿伯阿叔爸爸阿姑姑丈阿姆阿婶，只是那个又惹她操心的志源志丰惠美仔秀君仔。

我的义愤填膺是阿嬷最直接的疗愈,顺着她的话尾,站在她的立场,一起说志源太ㄋㄌ架(软弱),惠美仔回来未输咧沾豆油*,志丰太爱假风神†。没人知道我们躲在房里说些什么,或许以为我们都在唱歌看电视。妈妈第一次听见我用十足阿嬷的成人口吻,说出姑丈的名字时,面色陡变,叫我囝仔人不准没大没小,碍着阿嬷的面没有太凶,但妈妈会开口也够我明白这不是小事。阿嬷在旁边倒是风风凉凉,没有为我开脱的意思,大概也觉得我到底还是学学出了房门该怎么在人前做人比较好。

说别人坏话,是非常容易上瘾的坏习惯,反正没有第三个人听到,不必担心言论责任,尽情地批评那些平日道貌岸然的大人穷酸小气、家庭复杂、骄傲自

---

*　闽南语,意为:回来就像沾酱油一样,只是短暂停留。
†　闽南语,意为:自我感觉良好,爱出风头。

大。我很庆幸从前没有智慧型手机,能够轻易录下我模仿阿嬷嘴脸说出来的刻薄话,放上网路让世人惊叹哪里来的人精。大概很少有同龄的小孩,能像我这样猎奇般地享受议论长辈的口舌痛快。为了顾忌妈妈责骂,我谨守人前的规矩,但是一天比一天习惯用阿嬷的高度和视角去看待所有人,包括自己的父母。

当然免不了有说到"恁老母"的时候,日常小事的不愉快,有时候会牵连到旧账去,说不知道爸爸是怎么甲意到"恁老母","拢码那个谁谁谁来做亲成,本来相一遍呒爱,没想到第二遍就讲甲意,系讲恁老母少年皮肤实在有够水,脚腿白皙皙"。碎念是这样的,痛快列举内心的不满,说着说着又补上两句好话,对自己正反合解释事件的成因。听到阿嬷一句肯定妈妈的话,我就暗松一口气,至于嫌弃的言辞,听在耳里说不上心里是什么滋味,接不接话都是三分忐忑。要是那几天正好为了抗拒练琴和妈妈闹脾气,倒是正好有个出口可以抱怨。

我对妈妈的抱怨往往因为她的严格,在客厅练琴时，妈妈光是偶然经过飘过来的监察目光，就让我觉得"真正有够恐怖"，如果有一个比赛是和希特勒互瞪，我们家可以代表出战的人一定是妈妈，只有她的气场够强。但是对阿嬷说这些无法换得同情，正在气头上的阿嬷总是有办法把话说回自己的不满，值得同情的主角只会是她不是我，久了我也学乖，不再在她面前抱怨妈妈，省得她拿我的话去添自己气焰。

在我小学毕业前，爸爸终于狠下心拿存款买了一辆小轿车，我们终于再也不需要骑一个小时的伟士牌，或是转客运转到天荒地老回外婆家了。爸爸第一次载我们一家四口出门时，我和弟弟兴匆匆地抢坐前座，妈妈疼我们，叫我们一个去程一个回程轮流，我开开心心把弟弟捯到后座，正打算要优先享受搭新车的乐趣时，爸爸板起脸叫我下车一起到后面去，他说："前面是妈妈要坐的。"妈妈嘴上说着不要紧之类的客气话，但是换到前座去的时候，我知道她很开心。那一瞬间我的脑袋忽然像通了什么，像在混沌里面打了一盏探照灯，让我看见一幅关于自己是个遵循长幼次序的普通小孩，爸爸妈妈不只是阿嬷的儿子媳妇，车里是一个美满家庭的景象。

孙辈之中，听最多阿嬷嫌弃自己家长的是我，第二名是住在高雄的表姐，因为最近，又同是女性。我寄宿到他们家去读初中的时候，和表姐一个房间，阿嬷偶尔来玩，会和姑姑一起躲进我们房间里闲话家常，闲仔话说着难免说到人身上去，做母亲的永远觉得自己的儿子女儿娶谁嫁谁都有点委屈，尤其是常常舍不得放大姑回娘家的大姑丈，特别不得阿嬷缘，阿嬷一有机会，就对着表姐表哥数落他们爸爸的不是。从小静静听话的表姐，有一天忽然爆炸，请阿嬷不要再说爸爸不好，她会难过。在场的几个人一时间无话可说，好几秒后阿嬷才收拾起惊吓，改了话题。我在一旁没有作声，努力消化刚才获得的领悟，原来阿嬷说妈妈不好的时候，我也可以难过。一个人要和父母亲有什么议题，都是自己的事，旁人茶余饭后的鼓吹只是消费人家的烦恼，对孩子而言尤其残忍。只可惜这个道理我懂得不够早,目睹表姐的自救,我要好几年后才反应过来自己也应该抽身,但终究还是晚了。

那一次在新车里,被赶到后面做普通小孩,什么都不能逞不能会,看着前方爸爸妈妈的背影,感受到单纯的家庭幸福,是我珍贵的瞬间之一。

菜包里的红豆

从家里去菜市场的路上，会经过车头，那是兴南客运在小镇里唯一的一个车站。住在偏远村里的老弱妇孺没办法开车，或骑乘野狼125的，只能依赖客运每天数趟的定时运输，到街上来买粮办事，车站周边因此依附着交通人潮生出许多摊档。

骑楼柱仔边有一摊专卖红龟粿和客家菜包，卖粿的阿桑脸非常臭。有时候阿嬷去菜市场的路上，会停下来和阿桑聊天，我对她们交换的车站专属即时村里资讯毫无兴趣，注意力全在蒸笼里红得过分的食物上，臭脸阿桑放红染毫不手软，菜包的粉红色硬是比我们自家做的深上几个色阶。红染让食物更好吃，每个小朋友都知道，整碗小汤圆最好吃的就是里面那几颗红色的。看着粿笼里面艳红的菜包，我认为它们非常可能比家里自己做的更美味。

馋相是遮不住的。阿嬷问我："你系想欲呷腻？"通常我听到这种语气，会先研究发言人面色好坏，才决定自己的立场，我们家会以"腻"结尾的问句，很少真的欢迎肯定回答。但是那个菜包真的太吸引人，我要是不趁着阿嬷骑虎难下的局面要一个，就太愧对她日日向我身教言教贪吃的重要。于是乎人前相当端庄大方的阿嬷，买了一个菜包给我，让我跟阿桑都很开心。

我一边跟着阿嬷走向市场，一边享受红色粿皮包覆的美味，高丽菜好好吃，芹菜珠好好吃，花生糖粉好好吃，咦，这粒脆脆的红色是什么东西？是红豆吗？定睛再看，那纹理不是红豆，刚才那一下酥脆的口感也不是红豆,一股不祥的预感辣上背脊,我赶紧叫住阿嬷问:"这咁是虼𧉦卵?"阿嬷心情不太好,可能还在为了我的人前馋相觉得丢脸,看也不看我的菜包就说:"黑白讲!菜包哪会有虼𧉦卵!"我不死心,硬是把菜包举到她面前叫她看:"这是虼𧉦卵!"阿嬷停下脚步来匆匆看了一眼,语气更不耐烦:"嘿红豆仔啦,卡紧呷呷咧!"又继续往前走。

我没再争辩,但是心里有一半确定,那就是蟑螂蛋,样子和陈年橱柜里看到的一模一样,剩下的一半,我决定要相信阿嬷。那颗东西如果只是红豆,事情就完结了,万一是蟑螂蛋,我不知道已经吞下去的那一口该怎么办。我趁着落在阿嬷身后的时候,听从内心的一半,把剩下的半颗疑似蟑螂蛋拨到地上去,再用另外听话的一半,把剩下的菜包吃完,虽然每咬一口之前,都得仔细端详馅里有没有其他可疑的东西。

出乎我那个儿童脑袋瓜意料的是,吃完以后事情并没有了结。我选阿嬷那一边站,想要决定菜包里面只是颗红豆,却没办法遏止自己的内心不去认定,菜

菜包里的红豆   203

包里面就是蟑螂蛋。

明明是蟑螂蛋,根本是蟑螂蛋,如果不是因为它出现在菜包里,我一点也不会怀疑那就是蟑螂蛋。后续许多年的日子里,我把握每一次玩弄蟑螂蛋的机会,认真比对我记忆中咬剩的那半颗,再三再四再五地确定,当年我吃进去的,绝对不是红豆。

实际上那一天我总共只吃了半颗蟑螂蛋,但是在感受上,总觉得我和阿嬷一起逼着自己吞下了剩下的那半颗蛋。菜包事件演变成中学生爱好的那种低级笑话:"究竟是不知情吃进去的蟑螂蛋比较恶心,还是没有吃却觉得吃了的蟑螂蛋比较恶心?"除了恶心,我还感到迷惘,"团仔人听话"居然不保证"无代志[*]",这件事要比吃到蟑螂蛋麻烦许多。人听话就是图个安逸,随大人安排穿什么吃什么,读什么学什么,我只要乖乖照着做,自然可以走在人生坦途上,不是

---

[*] 闽南语,意为:没问题、没毛病。

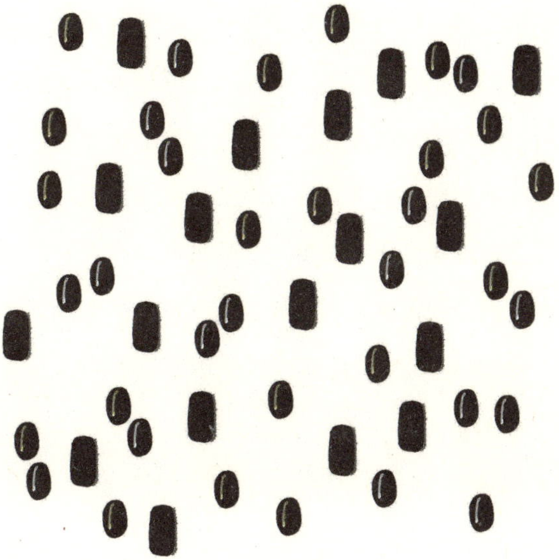

吗？好吧，显然不是。

我没有埋怨阿嬷让我吃掉那个可疑菜包，因为是我自己贪图方便，决定要听从她显然不可信的指示。这个教训非常鲜明地留在我的记忆里，"听话"除了乖，有时候是聪明，有时候是傻，一句话听来康庄大道是我走，听来蟑螂蛋却也是自己吃。想通了这点，觉得"听话"变得轻松一点，遇到委实违背真心的指令，可以不听也不觉得自己太坏。

那半颗吃下肚的蟑螂蛋，让我长成不会"怨叹是大（长辈）"的人，听不听话都是自己的选择，我的人生没有一丝一毫需要怨叹家里的大人们。有些人说昆虫是很营养的食物，可能是真的。

六年级女人，你好吗？

最后说说几个好朋友。S，A，和J都是一九七〇年代出生，和我一样来自普通人家的女生，我与她们相聚时谈笑话家常，分开的时候各自忙碌。我们在彼此眼里，大概都是人生各自有成的女人；看自己，却又完全是另外一回事。

S是善于陪伴的人，无论是紧张的、无聊的事情，她都愿意安然陪在旁边，一起度过。不是任何人都善于陪伴，开心的事情她不抢风头，愚蠢的事情她一起厚颜无耻，悲愤的事情她同情同理，当朋友需要身边有个人的时候，她愿意而且能够做那个柔软的人。这是一份慷慨的心意，愿意贡献自己的时间，无害无求地成全别人一段心里踏实。任何体验到活着不容易的人都知道，这样的朋友不会多，这样的人很珍贵。

但是她看自己，却是不太一样的形象。被问起最觉得骄傲的人生成就，纵使知道自己的体贴细心，终究还是搬出工作上办过的几个大型活动来交差，或许认为这才是足以应付社会评判的答案。她说不出父母家人喜欢她什么，对于自己的单身，和仍然住在家里的事实，觉得难以向父母与这个世界交代。

结婚被视为正常，不结婚的人于是必须解释自己的不正常，接受亲友的关怀怜悯和鼓励，被迫接受尽快归化正常的祝福。婚礼经常有个通俗桥段，把在场的单身女性拱上台抽捧花，看着有些被硬推上台的单身女人，碍在大喜之日不得不卖新人面子，隐忍尴尬之余还要欢笑作态配合演出，我觉得挺折损新人福分的。好像火锅店里吃牛肉的人，硬是把那些吃猪肉的人叫出来抽签，抽中的人就恭喜他，下一餐能够吃到牛肉，人要吃猪吃牛吃恐龙都有自己的缘由，与其质疑别人吃什么，还不如多看看自己吃下去的东西消化得如何。

A是我最觉得可靠的人之一。我们在学生时代认识，一起住在学校宿舍，她大我一届，在我们同寝的几个新生面前颇有威严，看她每天晚自习时，翻开来那些翔实却清爽的笔记，我曾经害怕自己这种粗线条在她严谨的鼻息之下很难存活，结果发现，原来她是个末日来临也会负起责任指挥我们逃生的处女座。知道以后我就放肆了，只要有她在的地方，我就可以活出散漫的真我，因为还没到达致命警戒线之前，她就会气急败坏发出哗哗警示声，提醒我再天兵下去会有什么危险，相较于这份比拟娘亲的照顾，偶尔仰她一点鼻息根本是沐浴家庭温暖。

看着她毕业后一路考什么上什么，进入有规有模的企业工作至今，嫁给温柔体贴的伴侣，经营一个可爱的家庭，养育两个聪明活泼的小孩，是另一种令我敬佩的处女座的工整。虽然明知道那些看似普遍的所谓女性生命里程碑，没有一件不需要按捺着心性，还要加上毅力和幸运，才能够达成，我仍免不了有个惯性错觉，如果一个学校里只能有十个人能获得所谓的品学兼优奖，勤奋惕己的 A 就算闭着眼睛考，也会拿到一个。

我所敬佩的这个女人，却也同样答不出父母家人会赞许她哪一点，而且还是记着，自己选择的伴侣，在父母眼中终究不是最理想的版本。要找到能够一起生活的人并不容易，双方能在心里认定对方是最好的人，那份随之而来的庆幸和满足，其实是一股极大的力量，让人生的艰难感觉起来缩小一点。父母和旁人出于关爱，或社会制约，往往期待我们能够拥有更体面、更实用的伴侣，但我们的幸福，却在每一次比较的当下，立时褪去原有的闪亮，减去几分力量，人生的艰难也复胖一些。

A 说她最得意的，除了美满的家庭之外，就是能够适时放过自己，一路好好活到现在。我忍不住感慨，这个社会真的不好应付，落在它期待值之外的人得费劲自我肯定也就算了，就连那些已经达成，甚至超越社会期待值的优等生，也要觉得人生艰难。

J 是我因缘际会认识的发型师，认识她以后，我再也不找别人剪头发，相较于一般发型师只看见头发和衣饰，J 能够看见我。她是勇于尝试生命选项，并且用意志乐观着，勇往直前的人，她为了体验父母结婚的感觉，所以闪电结婚，为了新生的孩子，开立了自己的发廊。我每次给她剪过头发之后，沾染上她勇猛的生命力，总觉得自己特别好看，视野特别宏大。

当她说自豪于拥有许多才华洋溢的朋友和客人，我丝毫不感觉意外，每次坐在她面前，朝着镜子里的她说些孤僻见解的时候，她总是听得兴味盎然，就算只有七分武功的人，在她诚挚的信任面前，似乎就能瞬间茁壮成为十分的高手。信任有如魔法，能够赋予

六年级女人，你好吗？　211

别人极大的信心，我理所当然地认为，生命力勇猛，又握有这个魔法的J，对未来是沉着笃定的。

但其实J很怕有人问起，她的发廊到底赚不赚钱。这个社会非常担心没有钱，所以实体化成一个一个"别人"，来问我们现在到底赚多少钱，将来能赚多少钱。问这些问题的人未必心里有个数，知道多少钱叫作足够。他们并不关切生活品质、工作热忱、自我实现、健康状态、人生信念，这些无形价值能不能在金钱天平上等价换算，一心只想问出个金额，好与其他四处搜罗而来的金额比大小。巨大的金额令他们心生羡嫉，微薄的金额则引发他们的焦虑，并且顺手泼湿我们对未来的乐观盼想。赚钱需要付出的代价从来都不便宜，要把"够"放在哪个金额上，或许很难决定，但是出卖自我、梦想、健康、幸福、信念，到了"够"的时候，没有人能不说够。

我们有时候是S，有时候是A，有时候是J，当年的宝贝女儿们，如今的自我感觉并不宝贝，认真长了三四十年，到现在仍要一边寻求疗愈，一边思图长进。所谓的社会标准，让绝大多数的女人必须疲于奔命，才能勉强及格，倒是明显叫人发现标准并不合理。要是大家都耸耸肩说"好了啦可以了吧"，理直气壮为自己撑腰，肯定自己每一个决定，都是当时当下的最好，相信此刻的我就是最好的我，不再紧盯着做不到的事情烦恼，其实，天也不会塌下来，但是我们会安乐自在许多。

当然我不是说，天从来不会塌，而是根据历史经验，天要塌不塌随的是它的行程，很少会参考我们的表现成绩，并不是差一分塌一下这样的计算法。含血流泪把自己逼到极限，却发现距离合格标准还有一步之遥的当口，天地忽然就塌陷在眼前，这种事也是有的。所以，在此郑重邀请你，把握有限的今生，先一起耸耸肩，挺这个既优秀又普通的自己一把吧，那些需要努力的事，反正放一阵也不会有人偷做了去。

图书在版编目(CIP)数据

俗女养成记/江鹅著. -- 北京：北京日报出版社，2021.10（2024.5 重印）
ISBN 978-7-5477-4098-9

Ⅰ. ①俗… Ⅱ. ①江… Ⅲ. ①故事－作品集－中国－
当代 Ⅳ. ① I247.81

中国版本图书馆 CIP 数据核字 (2021) 第 192335 号

责任编辑：许庆元
特约编辑：黄盼盼
封面设计：山川制本 workshop
封面插画：薛慧莹
内文插画：江　鹅
内文制作：李丹华

出版发行：	北京日报出版社
地　　址：	北京市东城区东单三条 8-16 号东方广场东配楼四层
邮　　编：	100005
电　　话：	发行部：（010）65255876
	总编室：（010）65252135
印　　刷：	山东韵杰文化科技有限公司
经　　销：	各地新华书店
版　　次：	2021 年 10 月第 1 版
	2024 年 5 月第 6 次印刷
开　　本：	787 毫米 × 1092 毫米　1/32
印　　张：	7.25
字　　数：	96 千字
定　　价：	48.00 元

版权所有，侵权必究，未经许可，不得转载

如发现印装质量问题，影响阅读，请与印刷厂联系调换：0533-8510898